La rentrée de Katie

L'auteur

Coco Simon adore les cupcakes. Elle aurait bien ouvert une pâtisserie, mais comme ce n'était pas raisonnable pour sa ligne, elle est devenue écrivain. Elle a publié pas loin de cent ouvrages pour la jeunesse, ce qui est bien moins que le nombre de cupcakes qu'elle a dévorés. *Cupcake Girls* est la première série dans laquelle elle mêle ses deux passions : l'écriture et la pâtisserie.

Vous avez aimé les livres de la série

Écrivez-nous
pour nous faire partager votre enthousiasme :
Pocket Jeunesse, 12 avenue d'Italie, 75013 Paris

Coco Simon

La rentrée de Katie

Traduit de l'anglais (États-Unis)
par Christine Bouchareine

POCKET JEUNESSE
PKJ·

Titre original :
Cupcake Diaries
1. Katie and the Cupcake Cure

Publié pour la première fois aux États-Unis en 2011
par Simon Spotlight, an imprint of
Simon & Schuster Children's Publishing Division

Loi n° 49-956 du 16 juillet 1949 sur les publications
destinées à la jeunesse : avril 2015.

ISBN 978-2-266-24667-5

Chapitre 1

La rentrée au collège ?
Même pas peur !

Dans les séries télé, lorsque le héros entre au collège, il semble complètement paniqué. Si c'est un garçon, il a peur de se faire harceler par les caïds, et s'il s'agit d'une fille, elle essaie trente-six tenues et se lamente au moindre bouton sur son visage. Mais surtout, il ou elle rêve toujours de devenir la star du collège.

Je m'appelle Katie Brown et je n'ai jamais compris pourquoi on en faisait tout un plat. Pourquoi la sixième serait si différente de l'école primaire ? Bien sûr, il y a beaucoup de nouveaux élèves, mais je vais retrouver presque toute ma classe de CM2. On se connaît pratiquement depuis la maternelle, autant dire depuis toujours ! Et il n'y a pas vraiment de rivalités entre nous.

Enfin, c'est ce que je croyais. Pendant les grandes vacances, je n'ai pas du tout pensé au collège. J'ai attrapé un terrible coup de soleil à la piscine, fabriqué des milliards de bracelets au centre aéré avec mes copines, et, avec ma mère, on a passé l'été à essayer de nouvelles recettes de gâteaux. Bref, je n'étais absolument pas inquiète.

J'aurais peut-être dû...

Mon premier jour avait pourtant bien commencé. J'ai mis le tee-shirt que j'avais teint en rose au centre aéré, mon jean préféré et ma nouvelle paire de Converse blanches. Plus une dizaine de bracelets à chaque poignet. J'avais un look plutôt cool. J'ai passé trente secondes devant le miroir à me brosser les cheveux – un record pour moi, vu que mes cheveux bruns ondulent naturellement.

— Bonne rentrée, Katie! s'est écriée ma mère quand je suis descendue prendre mon petit déjeuner.

Elle a tendance à en faire un peu trop. À mon avis, ça vient de son métier. Il paraît que les gens ont bien plus peur du dentiste que des zombies ou des croque-morts. (Ce qui est injuste: sans dentiste, adieu les dents et adieu les bonbons que j'aime tant!) Du coup, pour compenser, elle sourit tout le temps et n'arrête pas de plaisanter.

Ses blagues sont parfois un peu ridicules, mais elle est plutôt sympa, comme mère.

Elle a posé une assiette devant moi.

— Je t'ai préparé un petit déjeuner spécial : un pancake en forme de bus !

J'ai regardé le pancake : il avait des tranches de banane en guise de roues et des morceaux de melon carrés pour les fenêtres. Ça peut paraître bizarre comme petit déjeuner, mais ma mère rêvait de devenir cuisinière. Malheureusement, ses parents voulaient qu'elle soit dentiste, comme eux. Résultat, dès qu'elle a du temps libre, elle cuisine. Il y a deux tenues qu'elle affectionne particulièrement : sa blouse de dentiste et son grand tablier sur lequel est écrit «Chef Cinq Étoiles». Ce matin, elle portait l'un par-dessus l'autre.

Je l'ai remerciée sans lui préciser que j'avais passé l'âge des pancakes en forme de bus.

Elle s'est assise à côté de moi pour boire son café et m'a regardée en se mordillant la lèvre inférieure, comme chaque fois qu'elle s'inquiète pour moi. C'est-à-dire en permanence.

— Tu as bien pris le plan que je t'ai imprimé avec ton nouvel arrêt de bus ?

— Oui, mais je n'en ai pas besoin. C'est seulement à deux rues d'ici.

— De toute façon, je l'ai envoyé par e-mail à Barbara, au cas où.

Barbara est à la fois sa meilleure amie et la mère de ma meilleure amie, Clara. On se connaît depuis toutes petites. Clara a deux mois de plus que moi et ne rate jamais une occasion de me le rappeler.

— J'espère que Clara pensera à le prendre, a poursuivi ma mère. Il ne faudrait pas vous perdre dès le premier jour.

— Ne t'inquiète pas. On s'est donné rendez-vous au coin de Ridge Street.

On prenait le bus ensemble depuis la maternelle et je ne voyais pas pourquoi cela aurait changé cette année.

Tous les ans au mois d'août, Clara part en colonie de vacances, ce que je trouve nul de chez nul. Elle ne revient que quelques jours avant la reprise des cours. D'habitude, nous nous retrouvons pour aller manger une glace. Mais cette année, elle m'a juste envoyé un texto pour me dire qu'elle devait faire du shopping avec sa mère. Elle s'est toujours beaucoup plus intéressée à la mode que moi. Elle voulait trouver la tenue parfaite pour son premier jour au collège. Et comme nous avions peu de temps avant la rentrée, ça ne m'a pas paru bizarre de ne pas la voir.

— Je vais me laver les dents, ai-je annoncé, ma dernière bouchée avalée.

Quand on est fille de dentiste, pas question d'y couper.

Quelques minutes plus tard, j'ai attrapé mon sac à dos et je me suis dirigée vers la porte. Bien sûr, ma mère m'a interceptée pour me serrer très fort dans ses bras.

— Je t'ai préparé un déjeuner spécial, mon petit cupcake.

Ma mère m'a toujours appelée comme ça. J'aime bien, mais pas devant témoin.

— Un déjeuner spécial? Sans blague.

Elle me prépare tous les jours un déjeuner spécial.

— Je t'aime! m'a-t-elle lancé du perron.

La honte. J'ai cru qu'elle allait me suivre jusqu'au bus.

Il faisait très chaud dehors. J'ai regretté de ne pas avoir mis un short. Il n'y a rien de pire que d'être assise dans une classe surchauffée avec le jean qui vous colle aux jambes!

Je suis vite arrivée à Ridge Street; j'ai attendu Clara. J'ai observé les élèves devant l'arrêt de bus au loin: aucun signe de mon amie. Si jamais je ratais le bus, ma mère m'accompagnerait à l'arrêt tous les matins. Et ça, il n'en était pas question.

Un groupe de filles est arrivé. J'ai reconnu Lucie Whitman, Éva Rodriguez, Julia Kovacs et… Clara ! Qu'est-ce qu'elle fabriquait avec elles ?

— Hé, Clara !

Elle s'est contentée d'esquisser un vague geste dans ma direction sans cesser de bavarder avec Éva.

Bizarre ! J'ai remarqué qu'elle n'avait pas ses lunettes, alors qu'elle est myope comme une taupe. «Elle ne m'a peut-être pas reconnue. Mes cheveux ont beaucoup poussé cet été.»

J'ai couru vers elle. C'est à ce moment-là que j'ai noté qu'elles étaient toutes habillées pareil, même Clara. Elles portaient un jean slim avec un tee-shirt coloré et une grosse ceinture.

— Salut ! L'arrêt de bus est par là, ai-je annoncé avec un signe de tête vers Ridge Street.

Clara m'a souri.

— Salut, Katie. On pensait y aller à pied.

— C'est loin, non ?

— Y a que les petits qui prennent le bus, m'a rétorqué Éva.

— Oh !

D'accord, j'aurais pu répondre un truc plus original, mais je ne pensais qu'à une chose : ça ne plairait pas à ma mère qu'on y aille à pied.

Lucie m'a toisée de la tête aux pieds.

— Joli tee-shirt, Katie! Tu l'as fait au centre aéré?

Julia et Éva ont ricané.

— Exactement, ai-je répondu.

Clara est restée muette.

— Venez! a lancé Lucie en la prenant par le bras. Faut pas arriver en retard.

Elle n'a pas dit: «Venez toutes sauf Katie», mais ça revenait au même. Je n'étais pas invitée.

— À plus tard! m'a lancé Clara en s'éloignant.

J'étais sidérée. Ma meilleure amie venait de me laisser tomber comme une vieille chaussette!

Le choc de la réalité

Je n'en ai pas voulu à Clara. Enfin, pas vraiment. Je me sentais juste perdue.

Un bruit de moteur m'a tirée de mes pensées. Le bus arrivait. J'ai dévalé la rue et atteint l'arrêt au moment où le dernier élève grimpait les marches. La conductrice m'a souri quand je suis entrée : j'ai soudain réalisé que je ne reverrais plus M. Hopkins, le gentil chauffeur de l'école primaire.

Bon, ce n'était pas le moment d'être nostalgique. Il me fallait trouver une place. Avec Clara, on s'installait toujours sur la troisième banquette à droite. Elle était occupée par deux garçons que je ne connaissais pas. Je suis restée plantée au milieu du couloir, désemparée.

— Assieds-toi, s'il te plaît, m'a demandé la conductrice.

J'ai avancé machinalement. Au moment où je passais devant la sixième rangée, une fille m'a montré d'un signe de tête le siège libre à côté d'elle. Je me suis assise en vitesse et le bus a redémarré.

— Merci.

— De rien. Je m'appelle Mia.

Je ne connais pas grand-chose à la mode, mais un coup d'œil m'a suffi pour voir qu'elle était habillée comme dans les magazines. Avec ses leggings en jean, ses bottes noires, sa veste courte sur un tee-shirt gris et ses longs cheveux noirs et brillants, elle aurait pu être mannequin.

— Tu es de Richardson? ai-je demandé, persuadée qu'elle venait d'une autre école des environs. Moi j'allais à Hamilton avant.

Elle a secoué la tête.

— Non, j'ai emménagé ici il y a quelques semaines. Je viens de Manhattan.

— Mia de Manhattan. C'est facile à retenir.

Je me suis mise à parler à toute allure comme chaque fois que je suis nerveuse ou surexcitée.

— Je n'ai encore jamais rencontré personne de Manhattan. Je n'y suis allée qu'une fois pour voir *Le Roi Lion*, à Broadway. Je me souviens d'une ville bruyante et pleine de monde. Il n'y avait pas trop de bruit là où tu habitais ?

— Non, mon quartier était très calme.

— Ce... ce n'est pas que le bruit soit gênant, ai-je bafouillé, soudain consciente que ma réflexion pouvait être mal interprétée. C'est juste qu'entre les voitures, la foule et tout ça...

Je me suis tue, je m'enfonçais ! Heureusement, Mia ne s'est pas vexée.

— Tu as raison. Il y a de quoi devenir dingue. Mais je m'y plaisais bien. D'ailleurs j'y habite encore, d'une certaine manière, puisque mon père est resté là-bas.

Ses parents étaient-ils divorcés comme les miens ? Je n'ai pas osé lui poser la question.

— Et comment tu trouves Maple Grove ? ai-je demandé à la place.

— Très joli, mais un peu trop tranquille à mon goût.

Nous avons échangé un sourire entendu.

— Dis donc, j'aime bien ton tee-shirt. C'est toi qui l'as fait ?

Mon ventre a fait un nœud. Se moquait-elle de moi comme Lucie ? Pourtant, elle semblait sincère.

— C'est gentil de me dire ça parce que, tout à l'heure, une fille m'a fait comprendre qu'il était affreux. Et le pire c'est qu'elle l'a dit devant ma meilleure amie, qui n'a même pas réagi.

— Ça craint!

Le bus s'est arrêté devant le collège de Park Street. Je le connaissais bien, car je passais devant pour aller en ville. En plus, tous les CM2 l'avaient visité au mois de juin. Il était immense, beaucoup plus grand que mon école primaire, et construit en forme de U. Notre guide nous avait expliqué que c'était pour faciliter la circulation des élèves. Moi, ça m'avait paru plus compliqué qu'autre chose. Un grand escalier menait à l'entrée.

À peine descendue du bus, Mia a sorti une feuille jaune de sa veste.

— J'ai cours en salle 212. Et toi?

J'ai retiré mon sac à dos et feuilleté mes classeurs l'un après l'autre.

— Je ne sais pas où j'ai mis mon emploi du temps, ai-je marmonné. Pars devant.

— Tu es sûre?

Elle hésitait. Si je ne m'étais pas affolée, j'aurais sans doute remarqué qu'elle n'avait pas envie d'y aller seule. Mais je n'avais pas les idées claires.

Au bout d'un temps fou, j'ai déniché ce maudit papier entre deux pages de mon agenda. J'ai cherché le numéro de ma classe: 216.

Je ne serais donc pas avec Mia. Peut-être retrouverais-je Clara ?

La salle 216 se situait droit devant moi, tout près de l'entrée, et je m'y suis précipitée.

Vu les cartes du monde affichées sur les murs et le globe posé dans un coin, il devait s'agir d'une salle d'histoire-géo. J'ai cherché Clara des yeux, mais n'ai vu qu'Éva et Julia, assises l'une à côté de l'autre. Les dernières places libres étaient au premier rang, là où personne ne veut jamais s'asseoir.

J'ai choisi la place juste devant Éva. D'abord, parce que je la connaissais de l'école primaire et, ensuite, parce que je voulais savoir où était Clara.

Après avoir posé mon sac par terre, je me suis retournée. Les deux filles étaient occupées à écrire «CB» en grosses lettres roses sur leurs agendas. Elles les ont refermés d'un coup sec en voyant que je les regardais.

— Vous savez si Clara est dans cette classe ?

— T'as qu'à lui demander ! a rétorqué Éva, et Julia a pouffé de rire.

À l'école primaire, je ne les avais jamais vraiment fréquentées, mais je les trouvais sympas. Du moins elles ne m'avaient jamais fait de crasses. Apparemment, elles avaient changé.

La sonnerie a retenti. Et là, pour la première fois, la rentrée au collège m'a fait peur. La panique totale !

Chapitre 3

L'humiliation
de la première heure

Heureusement, le professeur principal est entré dans la salle avant qu'Éva ou Julia aient pu ajouter quoi que ce soit. Il s'appelait M. Insley, il avait des cheveux bruns et il était barbu.

— Bienvenue au collège, a-t-il commencé gaiement. Vous passerez ici chaque matin avant les cours pour répondre à l'appel et écouter les annonces de la principale.

— C'est tout? s'est écrié un garçon au fond de la classe.

— Vous aurez bien assez de travail dans les autres matières, a rétorqué M. Insley.

Plusieurs élèves ont laissé échapper des grognements. J'avais entendu dire qu'on croulait sous le travail en sixième, mais j'espérais que c'était juste une rumeur.

— Nous passerons un peu plus de temps ensemble aujourd'hui. Je vais vous donner quelques conseils pour vous repérer dans notre établissement.

Un bip sonore l'a interrompu et une voix a jailli d'un haut-parleur.

— Bonjour, les enfants! Ici, votre principale, Mme LaCosta. Bienvenue au collège de Park Street!

Nous avons écouté avec attention les annonces, puis M. Insley a repris la parole pour procéder à l'appel. Sa liste comprenait plusieurs élèves de mon ancienne école, mais pas ma meilleure amie.

Alors que M. Insley nous présentait les bâtiments du collège, j'ai éprouvé un besoin urgent de parler à Clara. Je savais qu'il était interdit d'utiliser son portable en classe mais c'est comme si une force extraterrestre s'était emparée de ma volonté.

«Tu dois… envoyer… un texto… à Clara.»

J'ai caché l'appareil sous ma table et, après m'être assurée que le prof ne me regardait pas, j'ai tapoté en vitesse.

Qu'est-ce qui s'est passé ce matin? Tu rentres en bus ou à pied?

J'ai envoyé le message et relevé les yeux. M. Insley regardait le plan des bâtiments projeté sur l'écran. Tout allait bien.

Le téléphone a vibré dans mes mains. J'ai vite lu la réponse de Clara.

On en parlera après.

Après quoi? Après la réunion d'information? Après les cours? Mes doigts ont répondu tout seuls.

Tu es dans quelle salle? On se retrouve avant les cours? Ou...

— Mademoiselle Brown, si je ne me trompe?

J'ai failli tomber de ma chaise. M. Insley se tenait à côté de moi! J'ai rougi comme une tomate.

— Euh... oui...

— Dois-je vous rappeler qu'il est interdit d'utiliser son téléphone pendant les cours? Je devrais le confisquer. Comme c'est le premier jour, je me contenterai de cet avertissement.

J'ai hoché la tête et enfoui mon portable dans mes affaires alors que des ricanements fusaient derrière moi.

— La honte! a gloussé Éva à voix basse.

21

J'aurais voulu disparaître sous terre. Ou remonter le temps pour m'empêcher de sortir mon téléphone de mon sac.

Hélas, pas moyen de m'échapper ! Jamais je ne m'étais sentie autant humiliée.

Heureusement, j'ai été sauvée par le gong… enfin par la sonnerie. L'avantage d'être au premier rang, c'est qu'on peut sortir très vite. Je me suis ruée dans le couloir.

Des torrents d'élèves déferlaient des classes. Clara ne devait pas être loin. J'arpentais le hall à sa recherche, quand j'ai remarqué que les autres allaient mettre leurs sacs dans leurs casiers. J'ai consulté mon emploi du temps pour voir où était le mien.

J'avais le 213. Hum, le treize ne portait-il pas malheur ? Peut-être pas, car le casier était pile en face de moi. Il était fermé par un verrou à code. J'ai tourné les mollettes pour composer le numéro inscrit sur mon papier.

« 26… 14… 5. »

Il ne s'est rien passé. Le hall se vidait à vue d'œil et j'ai commencé à paniquer. J'ai pris une profonde inspiration et je me suis appliquée.

« 26… 14… 5. »

Clic !

La porte s'est ouverte. J'ai gardé à la main mes affaires de SVT dont j'avais besoin pour le cours suivant et j'ai fourré mon sac à l'intérieur du casier. Puis j'ai de nouveau examiné mon plan. J'avais cours en salle 234, dans la partie gauche du U. Facile… sauf que je ne savais pas où se trouvait la partie gauche du U.

Si j'avais fait attention à ce que disait M. Insley, j'aurais su où aller. J'ai traversé le hall en courant pour prendre le couloir perpendiculaire. La 234 devait être cette salle sur ma droite. À peine m'y étais-je engouffrée que j'ai lu sur le tableau :

English – Good Morning !
Miss Baxter

Oh non ! Je m'étais trompée de classe !
Une fille rousse assise au premier rang a vu mon air affolé.
— Tu es perdue ?
— Oui, je cherche la salle de SVT, la 234.
Elle a pointé son stylo vers le couloir.
— La porte en face.
— Merci !
La cloche a sonné au même moment.
J'allais arriver en retard à mon premier cours.
Décidément, la journée commençait mal !

₵hAPitЯε 4

Plaquée au déjeuner

eureusement, je n'étais pas la seule à m'être perdue.

— Entrez, entrez, pauvres brebis égarées, nous a lancé la prof en nous invitant d'un geste ample à nous installer.

Elle m'a tout de suite plu. Elle était à peine plus grande que nous, blonde, les cheveux courts et hérissés. Elle portait un tee-shirt bleu vif sur lequel était écrit «MÉCHANT PROF DE SCIENCES MUTANT».

— Bienvenue en SVT. Je suis Mlle Biddle et voici mon assistante, Priscilla, a-t-elle ajouté le doigt pointé sur le squelette en plastique près de son bureau.

Des rires ont fusé.

— En se basant sur la présence de Priscilla, quelqu'un aurait-il une idée de ce que nous allons étudier ce trimestre ?

J'ai levé la main.

— Le corps humain.

— Excellent ! Quelle classe brillante ! Je sens que nous allons passer une année fabuleuse ensemble.

J'ai vite oublié mes soucis. Les SVT ont toujours été ma matière favorite. En plus, j'ai tout de suite été convaincue que Mlle Biddle pouvait rendre amusant n'importe quel sujet, y compris les maths.

Le cours terminé, j'ai résisté à l'envie de chercher Clara. Pas question de me mettre de nouveau en retard. J'avais histoire-géo avec M. Insley.

Je me suis arrêtée au passage à mon casier qui a bien voulu s'ouvrir tout de suite, et je suis arrivée en classe bien avant la sonnerie.

— Tiens, notre virtuose du SMS ! m'a lancé M. Insley.

— Un SMS ? Quel SMS ? ai-je plaisanté, et à mon grand soulagement M. Insley a souri.

Son cours s'est déroulé sans problème. Est arrivée la pause déjeuner. Il fallait absolument que je parle à Clara, sinon j'allais péter un plomb !

Nouvel arrêt à mon casier pour prendre mon sachet-repas.

« 26... 15... 14. »

Toujours fermé.

— J'ai compris, ai-je grommelé. Tu veux la guerre !

J'ai recomposé la combinaison sans davantage de succès. Excédée, j'ai sorti mon emploi du temps de mon sac pour la vérifier.

« 26… 14… 5. » Oups ! j'avais mélangé les chiffres.

J'ai attrapé le sachet et me suis précipitée à la cafétéria… où je suis arrivée la dernière, évidemment !

La salle était deux fois plus grande que celle de mon ancienne école. De grandes tables rectangulaires bondées s'étendaient à perte de vue. Une longue file d'attente s'étirait le long du mur, sur ma droite.

Heureusement, j'ai vite repéré Clara. Elle était assise en compagnie de Lucie, Éva et Julia.

Je m'y attendais et, pourtant, cela m'a déconcertée. Que devais-je faire ? Bon… On avait toujours déjeuné ensemble, non ? Pourquoi ça changerait ?

J'ai pris une profonde inspiration et je me suis approchée. Coup de bol, il y avait une place libre !

— Salut ! ai-je lancé à la cantonade et j'ai foncé sur ce siège providentiel.

Lucie m'a arrêtée d'un geste.

— Désolée, Katie, mais cette table est réservée au CB.

— Au quoi?

— Au Club des Branchées, a-t-elle précisé en détachant chaque mot. Il faut en faire partie pour s'asseoir ici. Ce qui n'est pas ton cas.

Je me suis tournée vers Clara.

— Tu en fais partie?

— Oui, mais ce n'est pas grave, Katie, c'est juste…

— … tu as raison, ce n'est pas grave!

J'ai tourné les talons sans vouloir entendre ses explications. Je n'avais qu'une idée: prendre la fuite. J'avais l'impression d'étouffer.

— Je t'appelle plus tard! l'ai-je entendue crier derrière moi.

Je suis partie à la recherche d'un autre siège, les dents serrées. Je n'allais tout de même pas me mettre à pleurer au beau milieu de la cafétéria le jour de la rentrée!

J'ai reconnu dans un brouillard des élèves d'Hamilton installés non loin de là. Je suis passée devant sans m'arrêter pour aller m'asseoir à une table vide, au fond de la salle.

Que venait-il de se passer? Clara appartenait à un club dont j'étais exclue? Elle aurait pu me prévenir!

J'ai ouvert mon sac, l'appétit coupé. Mais je ne voulais pas décevoir ma mère qui s'était fait un plaisir de me préparer un repas spécial.

J'ai sorti des bâtonnets de carotte accompagnés d'une sauce barbecue (ma préférée), un sandwich au thon, une gourde remplie de jus de pomme et, pour finir, une boîte à gâteaux rose. Maman avait écrit dessus au feutre : « Un petit cupcake pour mon petit cupcake. » Nunuche, peut-être, n'empêche que j'allais me régaler.

Je me suis aperçue avec surprise que j'avais faim finalement. J'ai déballé le sandwich et mordu dedans.

— Il y a quelqu'un à côté de toi ?

J'ai levé les yeux et reconnu Mia, la fille du bus.

— Non, ou alors c'est l'homme invisible.

Elle m'a souri et s'est assise en face de moi. Puis elle a sorti de son sac une boîte remplie de makis aux légumes.

— Alors comment ça se passe ? m'a-t-elle demandé.

— Par où commencer ? Je me suis fait pincer en pleine réunion d'information pendant que j'écrivais un SMS sur mon portable, mon casier m'a déclaré la guerre, je n'arrête pas de me perdre et, comble de malheur, ma meilleure amie m'a laissée tomber pour une bande de pestes.

— Tout ça à la fois ?

— Ouais. Et toi ?

Elle a haussé les épaules.

— Ça peut aller. C'est juste un peu… différent.

Au fait, tu as déjà eu SVT. Tu ne trouves pas Mlle Biddle absolument fabuleuse ?

— Si, et j'adore son tee-shirt.

Pendant que nous parlions, deux filles se sont approchées de nous avec des plateaux chargés de nourriture. L'une d'elles n'était autre que la rousse qui m'avait indiqué la salle de SVT.

Je les ai accueillies avec un grand sourire.

— Salut ! Si vous voulez vous asseoir, il y a plein de place.

— Merci, a répondu la fille aux cheveux roux.

Mia s'est penchée pour se présenter.

— Bonjour, moi c'est Mia.

— Et moi, c'est Katie, ai-je enchaîné.

— Moi, c'est Alex, et voici Emma.

— Bonjour, a murmuré Emma d'une petite voix timide.

Les cheveux roux d'Alex étaient retenus par un bandeau blanc assorti à son tee-shirt. Elle portait une jupe et des ballerines en jean. À l'évidence, toute sa tenue était coordonnée.

Avec ses grands yeux bleus et ses longs cheveux blonds et raides, Emma était très jolie. Elle portait une robe sans manches à petites fleurs roses et des tennis blanches.

— Vous venez de Richardson ?

— Oui, m'a répondu Alex. Et vous, d'Hamilton ?

— Moi seulement. Mia vient de Manhattan.

— Quelle chance, je rêve d'y aller! s'est exclamée Emma. Il paraît qu'il y a un musée avec une baleine géante suspendue au plafond et qu'on peut passer en dessous. Tu connais?

— Oui, c'est génial. On a du mal à imaginer qu'il existe des bêtes aussi grosses sur notre planète. Il faut vraiment que tu voies ça un jour. New York n'est pas si loin.

— J'aimerais bien!

— Est-ce que l'une de vous a Mme Moore en maths? a demandé Mia avec une horrible grimace. Elle est flippante.

J'ai fait la grimace moi aussi.

— Ne me fais pas peur, je l'ai en première heure cet après-midi!

— Moi aussi, a répondu Alex. Mais elle n'est pas si terrible que ça, vous savez. Ma sœur l'a eue et elle dit qu'elle est sévère, mais que si on fait ce qu'elle demande, y a pas de problème.

J'ai fini mon sandwich et j'ai attaqué mes bâtonnets de carotte. Je trouvais Mia, Alex et Emma très gentilles, mais je ne pouvais pas m'empêcher de penser à Clara. J'ai jeté un regard vers la table du Club des Branchées. Clara écoutait Lucie et elles riaient aux éclats. Se moquaient-elles de moi?

— Allô, la Terre ! Katie, tu m'écoutes ? m'a lancé Alex. Je te demande si tu as déjà eu histoire-géo ?

— Oh, excuse-moi.

— Sa meilleure amie l'a laissée tomber pour des filles pas très sympas, a expliqué Mia.

Alex a haussé les sourcils.

— Ah bon ? Qui ça ?

J'ai montré du doigt la table de Lucie. Alex a hoché la tête.

— Je les ai croisées en camp d'été. Tu as raison, ce sont de vraies pestes, surtout Lucie.

— Je me demande vraiment ce que Clara fait avec elles.

— Clara ? Je l'ai aussi croisée au camp. Elle est gentille, pourtant.

J'ai sorti ma boîte à gâteaux sans penser au message débile que ma mère avait écrit dessus.

— Oh, c'est trop mignon ! s'est exclamée Mia avant que j'aie eu le temps de le cacher.

— Merci, ai-je répondu, soulagée.

— Waouh ! Ta mère te fait des cupcakes ? s'est étonnée Emma. T'en as de la chance !

J'ai reniflé le glaçage marron clair.

— Beurre de cacahuètes avec de la cannelle, ai-je deviné à voix haute.

— Et à l'intérieur ? s'est enquise Emma.

J'ai mordu dedans, et une délicieuse gelée m'a coulé dans la bouche.

— Gelée de groseille.

J'ai pris une nouvelle bouchée en faisant attention à avoir en même temps du glaçage et de la gelée. Comme tous les cupcakes de ma mère, il était absolument exquis.

Je me suis brusquement aperçue que les trois filles me dévisageaient avec envie.

— C'est la première fois que j'entends parler d'un cupcake au beurre de cacahuètes et à la gelée, a commenté Emma.

— La pâtisserie à côté de chez mon père propose cinquante-sept parfums, mais je ne suis pas sûre qu'ils aient celui-là, a opiné Mia.

Je leur aurais bien fait goûter, mais j'avais déjà mordu dedans et la gelée dégoulinait partout.

— La prochaine fois que ma mère en fera, je vous en apporterai.

— Super ! s'est écriée Mia.

— Merci ! se sont exclamées Alex et Emma à l'unisson.

La sonnerie a annoncé la reprise des cours. J'ai remis ma boîte vide dans mon sac, consciente que je venais de vivre le seul moment agréable de ce premier jour de classe. Et je n'en étais qu'à la moitié !

Chapitre 5

La cure de cupcakes

Comme il fallait s'y attendre, j'ai de nouveau oublié le code de mon casier, je suis arrivée en retard au cours de maths et Mme Moore m'a donné une page de problèmes à faire le soir même.

Ensuite, alors que je me réjouissais de retrouver Mia, Alex et Emma en cours de français, je me suis aperçue que j'avais laissé mes fiches de lecture de l'été dans mon casier !

En cours d'arts plastiques, j'ai appris qu'il y avait des cours de cuisine. Manque de chance, je ne pouvais pas m'y inscrire avant janvier.

La journée s'est terminée par le cours d'espagnol sans que j'aie revu Clara. L'heure de la sortie a enfin sonné. *Adiós !* Après avoir fourré mes affaires dans mon sac, j'ai couru retrouver Joanne, l'assistante de ma mère.

À l'école primaire, j'allais à l'étude le soir en attendant que ma mère finisse de travailler. Mais il n'y a pas d'étude au collège, et ma mère ne me trouve pas assez grande pour rester seule à la maison. Elle a donc décidé que Joanne viendrait me chercher tous les soirs après les cours pour me ramener à son cabinet. La galère !

Elle m'avait précisé que Joanne possédait une petite voiture rouge, et je la cherchais des yeux quand une voix moqueuse a retenti derrière moi.

— Tu attends ton ex-meilleure amie ?

Je me suis retournée. Lucie, Éva et Julia me regardaient en ricanant. Heureusement, Clara n'était pas avec elles.

Je n'ai pas répondu. J'ai entendu alors un coup de klaxon : Joanne me faisait signe un peu plus loin sur le parking et je me suis précipitée vers elle.

— Salut, Katie ! Comment s'est passée cette première journée au collège ? m'a-t-elle demandé alors que je m'engouffrais sur le siège passager. C'était chouette ?

— Mouais…

J'aime beaucoup Joanne. Elle est grande et mince avec une masse de magnifiques cheveux blonds qu'elle remonte sur la tête. Elle s'adresse à moi comme à une adulte, ce qui est rare de la part d'une grande personne.

— Tu n'as pas l'air convaincue ! a-t-elle remarqué.

— Si, si.

Je n'avais pas envie d'en parler. Pas maintenant, en tout cas. Lucie m'avait vraiment fichue de mauvaise humeur.

Joanne a paru le comprendre et n'a pas insisté.

À notre arrivée au cabinet, ma mère soignait un patient. Elle avait dit à Joanne de me conduire à son bureau où il y a son ordinateur, son téléphone et tous ses bouquins sur les dents.

— Bon, faut que je te laisse, s'est excusée Joanne. Si tu as besoin de quoi que ce soit, appelle-moi, mais pas trop fort pour ne pas faire peur aux patients !

Je me suis installée et j'ai sorti mon portable. J'ai sélectionné le numéro de Clara. Elle a décroché dès la troisième sonnerie.

— Allô ?

— Clara, c'est Katie. Je peux te parler ?

— Bien sûr, a-t-elle répondu avec un tel naturel que je me suis demandé si je n'avais pas imaginé cette horrible journée.

— Tu aurais pu me prévenir que tu ne prendrais pas le bus avec moi !

— Écoute, Katie, je suis désolée, a-t-elle commencé d'une voix qui semblait sincère. On est devenues amies, Lucie, Éva, Bella et moi, en colonie de vacances. Du coup, elles m'ont proposé de rejoindre leur club. Je voulais t'en parler, mais on n'a pas eu l'occasion de se voir.

— D'accord… Mais, attends, quelle Bella ? Tu veux dire Julia ?

— Oui, mais elle préfère qu'on l'appelle Bella.

— Oh !

C'était la première fois que je croisais une fille qui changeait de prénom.

— Tu aurais pu m'appeler ou au moins m'envoyer un texto.

— Oui, je sais, mais franchement, je n'ai pas eu le temps. Je t'en prie, ne sois pas fâchée.

— Nous sommes toujours amies ? ai-je demandé, la gorge nouée.

— Bien sûr ! Tu es ma meilleure amie.

— Mais tu ne veux plus aller à l'école ni déjeuner avec moi !

On aurait cru entendre un bébé, j'étais au bord des larmes.

— Voyons, Katie, nous sommes au collège maintenant. Et au collège, nous ne sommes plus toutes seules, toi et moi. Nous allons nous faire des tas d'amies. L'une comme l'autre.

J'ai pensé à Mia, à Alex et à Emma. Clara n'avait

38

pas tort, mais j'éprouvais trop de rancœur et de chagrin pour l'admettre.

— Si tu le dis.

— Et je te rappelle qu'on se voit ce week-end au barbecue de la fête du Travail.

— D'accord, ai-je soupiré.

— Au fait, tu as remarqué que je portais des lentilles ? a-t-elle continué gaiement.

Voilà pourquoi ses lunettes avaient disparu !

— Bon, ben… j'ai encore des devoirs à faire, a-t-elle conclu. Et il faut que je réfléchisse à ce que je vais porter demain ! À plus !

Je me suis sentie un peu mieux après ce coup de fil. J'étais contente qu'on soit toujours amies, mais quelque chose clochait. En somme, Clara m'avait dit : « Je suis désolée, mais je ne pourrai plus déjeuner avec toi. »

J'avais déjà entendu assez de « Je suis désolé… » dans ma vie. Surtout de la part de mon père. Du genre : « Je suis désolé, Katie, mais je ne peux pas venir te voir cet été… »

Bref, notre amitié sentait le roussi.

J'ai attaqué ma punition de maths, mon seul devoir de la soirée. Ma mère est entrée alors que je terminais le dernier problème. Elle m'a serrée dans ses bras et une odeur de dentifrice m'a enveloppée.

— Je suis prête dans deux minutes.

Comme il fallait s'y attendre, elle m'a pressée de questions sur le trajet du retour.

— Tes profs sont sympas? Tu as beaucoup de devoirs ce soir? Tu as trouvé l'arrêt du bus sans problème? Ton cupcake était bon? Tu as beaucoup de cours avec Clara?

C'est sa dernière question qui m'a le plus dérangée. Je n'avais pas envie de lui raconter ce qui s'était passé, d'autant moins que je n'étais pas sûre d'avoir tout compris.

— Non, nous avons juste la pause déjeuner ensemble, ai-je éludé.

— Oh, quel dommage! Enfin, ça vous permet au moins de vous retrouver.

Je me suis contentée de hocher la tête, le regard perdu dans le lointain.

— Tu dois être fatiguée après cette grande journée, a poursuivi ma mère. Tu iras te reposer quand on arrivera à la maison. Je t'appellerai pour le dîner.

Pour fêter mon premier jour d'école, maman m'a préparé mon plat préféré : du poulet à la vietnamienne avec des brocolis et du riz.

— Il fait si beau. On pourrait aller à pied jusque chez Clara, m'a-t-elle proposé une fois notre repas terminé.

Ce n'était vraiment pas l'idée du siècle !

— Oh, si on faisait plutôt des cupcakes à l'ananas façon Tatin? ai-je proposé à mon tour.

— Tiens, tiens! Tu n'aurais pas besoin d'une petite cure de cupcakes par hasard?

À sept ans, je m'étais blessée au genou en tombant de vélo. Maman avait confectionné des cupcakes avec de l'ananas dans le fond du moule et la pâte par-dessus. Elle les avait retournés une fois cuits et m'avait dit: «Une bouche triste c'est comme une tarte Tatin, il suffit de la retourner pour obtenir un beau sourire.» Depuis ce temps-là, nous en préparons chaque fois que l'une de nous n'a pas le moral. Nous appelons ça la «cure de cupcakes».

Tout en sortant les ingrédients, je lui ai raconté ma journée. Mon casier maudit. Mes deux retards en classe. Mme Moore qui nous faisait flipper. Bref, j'ai parlé de tout sauf de Clara.

Maman m'a alors suggéré des petits trucs pour me simplifier la vie. Elle adore résoudre mes problèmes. Dommage que je n'aie pas réussi à lui parler de ce qui me tracassait le plus.

Nos cupcakes Tatin sont assez simples à réaliser. Le truc, c'est qu'il faut bien graisser les moules. Ensuite nous remplissons le fond d'un mélange d'ananas en boîte et d'épices, et nous versons la pâte par-dessus. Une fois que les cupcakes sont cuits, il n'y a plus qu'à les retourner sur une plaque. L'ananas est bien doré. Pour la décoration, nous ajoutons une cerise confite. Dégustés avec un verre de lait, ce sont de vrais délices !

Nous nous sommes régalées. Ma mère m'en a mis un de côté pour le déjeuner du lendemain et tout à coup je me suis souvenue de ma promesse.

— Je peux en emporter trois de plus pour les filles qui mangent à ma table ?

— Bien sûr. Je vais te chercher une boîte plus grande.

Je me suis alors aperçue que j'avais hâte d'être au lendemain, même si Clara ne déjeunait pas avec moi.

Chapitre 6

Un plan presque parfait

Le lendemain, à midi et demi, j'avais acquis une certitude : mon casier était un engin diabolique envoyé sur Terre par les extraterrestres pour que j'échoue dans mes études. Comme j'étais destinée à devenir présidente des États-Unis et à sauver la Terre de l'invasion des Martiens, ils s'étaient dit que le seul moyen de m'en empêcher était de me faire rater le collège.

Ma mère avait beau avoir écrit la combinaison de mon casier sur un élastique orange qu'elle m'avait mis au poignet, j'ai dû composer le code trois fois avant de réussir à l'ouvrir. Comment était-ce possible ?

Bilan : je suis encore arrivée en retard en SVT, mais Mlle Biddle ne m'en a pas tenu rigueur. Par contre, Mme Moore ne serait pas aussi sympa. J'ai donc décidé que j'emporterais mes affaires de maths à la cafétéria et que je suivrais ensuite Alex pour arriver à l'heure.

Quand je suis enfin parvenue à ouvrir mon casier, mon regard est tombé sur la boîte à gâteaux et j'ai fait bien attention à la saisir par la ficelle. J'ai refermé le casier, pressée d'offrir son précieux contenu à Mia, Alex et Emma.

J'étais un peu inquiète, bien sûr. Et si elles décidaient d'aller s'asseoir ailleurs ? Je suis arrivée à la table du fond et, soulagée, j'ai vu que Mia s'y trouvait déjà. Elle a écarquillé les yeux devant la boîte.

— Ce sont les cupcakes dont tu nous as parlé ?

— Oui, nous les avons faits hier soir avec ma mère.

— C'est trop gentil !

Alex et Emma sont arrivées et ont déposé leurs affaires.

— On file faire la queue avant qu'il y ait trop de monde, a dit Alex.

— Dépêchez-vous, Katie a apporté des cupcakes !

Emma m'a adressé un sourire reconnaissant avant de suivre Alex qui courait vers le self.

Nous les avons attendues pour manger ensemble.

Ma mère m'avait donné le reste de poulet et de brocolis ; le plat était encore meilleur froid.

— Je n'en reviens pas qu'on soit déjà vendredi, a soupiré Alex. C'est bizarre d'avoir trois jours de repos alors qu'on vient juste de reprendre l'école.

— C'est pour nous laisser le temps de nous habituer. Comme quand on entre doucement dans l'eau froide à la piscine.

— Moi, je préfère plonger d'un coup, a déclaré Emma.

Mia a frissonné.

— T'es courageuse !

— Je crois qu'on va aller à la plage ce week-end pour notre dernière baignade de l'été, a annoncé Alex.

— Moi, je vais voir mon père, a répliqué Mia.

— Tes parents sont divorcés ? a demandé Alex comme s'il n'y avait rien de plus naturel.

— Oui, depuis quatre ans.

Je n'ai pas dit que mes parents l'étaient aussi. En toute franchise, j'étais un peu jalouse que Mia aille voir son père. Je n'avais pas vu le mien depuis des années.

— Nous, nous allons pique-niquer chez ma grand-mère, a soupiré Emma.

— Et nous, on est invitées à un barbecue chez…

chez Clara, ai-je murmuré avec un regard vers la table du Club des Branchées.

Alex a haussé les sourcils.

— Ce n'est pas la fille qui t'a laissée tomber?

— Elle ne m'a pas laissée tomber. On est toujours amies. Meilleures amies, même.

— Emma est ma meilleure amie. Et si elle allait s'asseoir avec d'autres filles, je la suivrais.

— Pourquoi irais-je m'asseoir ailleurs? s'est étonnée Emma avant de m'adresser un regard contrit, comme si elle venait de commettre une gaffe.

— C'est bien ce que je me demande! a rétorqué Alex.

— Écoutez, c'est un peu compliqué. Elles ont formé le Club des Branchées. Et on n'a pas le droit de s'asseoir à leur table si on n'en fait pas partie. C'est le règlement.

— Tu es sérieuse? s'est esclaffée Alex. Elles l'ont vraiment appelé le «Club des Branchées»? Si on est branché, est-ce qu'on a besoin de le crier sur les toits? Et qui a décidé qu'elles étaient branchées? Elles, je suppose!

Mia a souri d'un air désabusé.

— J'avoue que ça fait un peu pitié. Mais je croise ces quatre filles dans plusieurs cours et elles ne m'ont pas l'air si désagréables que ça.

— Clara est vraiment sympa. Les autres, je suis moins sûre.

Ma remarque a été accueillie par un silence étrange.

Mia a montré ma boîte d'un signe de tête.

— Alors, Katie, quand est-ce qu'on goûte tes gâteaux ?

— Tout de suite.

J'ai fait glisser la ficelle et soulevé le couvercle.

Emma a écarquillé les yeux d'admiration.

— Ils sont trop beaux !

— C'est quoi le doré sur le dessus ? s'est enquise Alex.

— De l'ananas. En fait, c'est la recette de la tarte Tatin appliquée aux cupcakes.

Mia a secoué la tête.

— Où est-ce que tu vas chercher des idées pareilles ?

— C'est ma mère. Elle est folle de cupcakes.

Mia s'est esclaffée.

— La mienne est folle de shopping.

— Vous avez de la chance, la mienne est folle de nettoyage, a pouffé Alex.

Emma a haussé les épaules.

— Ma mère dit que c'est mes frères et moi qui la rendons folle !

— Emma a trois frères, m'a expliqué Alex.

Trois monstres. C'est la seule enfant normale de la famille.

— Assez discuté, il est temps de manger! ai-je lancé en voyant qu'Emma rougissait.

Plus personne n'a parlé tandis que nous mordions dans ces délices dorés.

— C'est absolument succulent! s'est extasiée Mia.

— Cet ananas grillé est divin, a approuvé Alex.

— J'adore la cerise sur le dessus, a renchéri Emma.

J'étais ravie.

— Je vais essayer de vous en apporter tous les jours.

— Tu vas vite saturer, a gloussé Alex. Si on disait plutôt une fois par semaine? Le vendredi, par exemple?

— Excellent! C'est parti pour les vendredis gourmands!

L'idée me plaisait pour deux raisons. D'abord, j'adorais faire des cupcakes; ensuite cela signifiait que mes nouvelles amies souhaitaient continuer à déjeuner avec moi.

La sonnerie a retenti et je me suis tournée vers Alex.

— Je peux te suivre jusqu'à la salle de maths? J'en ai ras le bol d'être en retard.

— Bien sûr!

Mme Moore m'a félicitée à mon arrivée.

— Quel plaisir de vous voir à l'heure, mademoiselle Brown!

J'ai jubilé intérieurement, très fière de mon astuce.

Le cours a commencé et Mme Moore nous a demandé de sortir nos affaires. J'ai scruté mon bureau. J'avais seulement mon cahier! Avais-je oublié mon livre de maths à la cafétéria?

J'ai revu dans un flash l'instant où j'allais le prendre dans le casier: j'avais saisi ma boîte de gâteaux à la place!

Résultat: deux pages de problèmes à faire le soir à la maison!

Chapitre 7

Comme au bon vieux temps ! Enfin presque...

e matin de la fête du Travail, je me suis réveillée le ventre noué. Comment allait se passer le barbecue chez Clara ?

Nous devions apporter des cupcakes et je tenais à ce qu'ils soient parfaits.

Malheureusement, cela a déclenché une vive discussion avec ma mère. La veille, nous avions confectionné des cupcakes à la vanille, les préférés du père de Clara. Comme c'est un parfum ultra-classique, je voulais les décorer de soleils en fondant jaune. Mais ma mère avait décidé de les recouvrir de feuilles en fondant orange.

— Mais on est encore en été, ai-je protesté. Il fait quarante degrés dehors.

— Plutôt trente, a-t-elle corrigé. Et l'été est fini. L'école a commencé.

— Enfin, l'automne ne débute que le 21 septembre ! C'est un fait scientifiquement établi.

— Peut-être, mais moi, dès que je vois des bus scolaires dans les rues, je me sens en automne.

J'ai froncé les sourcils. Je ne voulais pas que l'été finisse. Ma mère m'a dévisagée. Elle a dû sentir que ça n'allait pas. Avec un soupir, elle a cédé.

— Si ça te fait plaisir…

— Et si on faisait moitié-moitié ? ai-je suggéré.

— Bonne idée, l'orange et le jaune vont bien ensemble.

À midi, nous sommes parties à pied chez Clara. Sa maison est facile à reconnaître, c'est la seule des environs qui soit peinte en bleu. Et sa chambre se repère aussi aisément grâce à la décalcomanie de licorne qui orne sa fenêtre au premier étage.

Nous nous sommes rendues directement au jardin, à l'arrière de la maison. Le père de Clara s'occupait du barbecue sur la terrasse.

— Salut, Katie ! Oh, j'espère que cette belle boîte est remplie de mes gâteaux préférés !

— Fourrés et glacés à la vanille ! ai-je précisé avant qu'il ne nous écrase contre son énorme bedaine pour nous embrasser, ma mère et moi.

Je connaissais la famille de Clara depuis toujours.

Nos mères se sont rencontrées à un cours de cuisine pendant leur grossesse. Je considère Mme Wilson comme ma seconde maman, M. Wilson comme mon père et Clara comme ma sœur.

Et là, tout à coup, devant le barbecue, une question a surgi dans mon esprit : qu'adviendrait-il de ma seconde famille si je me fâchais avec Clara ?

Je n'ai pas eu le temps d'y réfléchir, car Clara et sa mère sont sorties sur la terrasse. Nos mères se sont embrassées pendant que nous nous saluions d'un signe de tête. Il y avait décidément un froid entre nous.

Ma mère a demandé si nous verrions Jenna, la sœur aînée de Clara. Elle est en première au lycée. Clara a aussi un grand frère, Stephen, qui vient juste d'entrer à l'université.

Mme Wilson a levé les yeux au ciel.

— Elle est avec ses amis, voyons ! À seize ans, il n'y a rien de pire qu'un barbecue en famille !

— Eh bien, j'espère que nous aurons encore quelques années tranquilles avec ces deux-là, a répondu ma mère en nous regardant, Clara et moi.

Je déteste ce genre de réflexion. Comme si tous les ados étaient voués à se transformer en monstres. Ça me fait flipper. Et si c'était vrai ?

— Alors, tu te plais au collège, Katie ? m'a demandé Mme Wilson.

— On n'y est que depuis deux jours. C'est difficile à dire.

— Je suis tellement contente que vous preniez le bus ensemble, a enchaîné ma mère. L'entrée au collège n'est pas toujours facile. Ça me rassure que vous soyez deux pour l'affronter.

— Mais Clara m'a dit qu'elle y allait à pied, s'est étonnée Mme Wilson. Vous ne faites pas le trajet ensemble?

Clara a contemplé ses tongs. J'ai répondu à sa place.

— Non, mais ce n'est pas grave. C'est juste que j'aime prendre le bus et que Clara préfère marcher.

Je n'avais aucune envie d'aborder ce sujet, surtout devant nos mères.

La mienne s'est mordillé la lèvre, Mme Wilson a croisé son regard et s'est tournée vers sa fille, les sourcils froncés.

— Clara, qu'est-ce que c'est que cette histoire?

Clara a été sauvée par l'irruption de son père sur la terrasse.

— Dites, ce ne sera pas cuit avant une demi-heure, nous a-t-il annoncé. J'ai gonflé le ballon de volley. Que diriez-vous d'un petit match mères contre filles?

J'adore le volley même si j'y joue comme un

pied. Ravie de couper court à cette conversation, j'ai couru ramasser le ballon et je l'ai lancé à Clara.

— À nous de servir! Tu ferais mieux de commencer, Clara. Moi, je le colle toujours dans le filet.

Clara a pouffé de rire et la partie a débuté. J'ai une méthode très personnelle: je me jette sur le ballon pour le frapper de toutes mes forces. Comme je ne sais pas viser, je l'envoie un peu n'importe où. Quand j'ai de la chance, il passe au-dessus du filet, mais ça arrive rarement.

Très vite, nous étions mortes de rire, Clara et moi. Nous n'arrêtions pas de nous rentrer dedans et de tomber. Et le pire, c'est que, malgré ma nullité, nous avons battu nos mères.

— Quel match! a crié M. Wilson depuis la terrasse. Katie et Clara l'emportent!

Nous avons poussé un cri de triomphe et nous nous sommes tapé dans la main.

— Et admirez le *timing*! a enchaîné M. Wilson. Le déjeuner est prêt.

M. Wilson fait porter la responsabilité de son embonpoint aux petits plats de sa femme, mais il est lui aussi excellent cuisinier. Il avait préparé des hamburgers, des hot dogs, de la salade de pommes de terre, des tomates bien juteuses du jardin et, bien sûr, du maïs en épi.

J'ai d'abord englouti deux grands verres de

limonade, car le volley m'avait donné soif, et je me suis jetée sur le maïs.

— Katie, tu te souviens du jour où tu as mangé six épis d'affilée? a commencé Clara.

— J'avais à peine six ans!

Ma mère a secoué la tête.

— Et dire que nous, les adultes, nous n'avions rien remarqué. Six épis, vous imaginez ça?

— Et je n'ai même pas eu mal au ventre, ai-je fièrement ajouté.

Le repas s'est poursuivi dans la bonne humeur, avec beaucoup d'histoires ponctuées d'éclats de rire. Comme à tous les barbecues de la fête du Travail. Comme si rien n'avait changé.

— On va dans ma chambre? a proposé Clara une fois nos assiettes vides.

— Je vais manger tous les cupcakes pendant que vous n'êtes pas là, nous a prévenues son père.

Je n'avais pas mis les pieds dans la chambre de Clara depuis un bon mois. Certaines choses n'avaient pas changé, comme la licorne sur la fenêtre, la moquette et les murs violets, la photo de Clara et moi dans un parc d'attractions avec le visage maquillé en tigre. Nous étions très différentes, elle avec ses cheveux blonds et ses yeux bleus, moi avec mes cheveux et mes yeux bruns, pourtant, avec ce maquillage, on aurait dit deux sœurs.

Je remarquais cependant plusieurs changements. De nouveaux posters étaient apparus sur les murs, surtout des garçons qui posaient, en majorité des acteurs de films de vampires.

«Depuis quand aime-t-elle ces films?» me suis-je demandé.

— Il faut absolument que tu voies mes photos de colo! Et j'ai plein de trucs à te raconter.

— Tu parles! Il y a si longtemps qu'on ne s'est pas retrouvées toutes les deux!

Clara a sorti son portable et fait défiler les clichés où on la voyait avec Lucie et les autres. Elle s'est arrêtée sur la photo d'un garçon debout sur un plongeoir.

— Il est craquant, non? Il s'appelle Matt.

J'ai plissé les yeux à la vue d'un brun aux cheveux courts en maillot de bain rouge.

«Ben, c'est un garçon, quoi. Il n'a pas de tentacules ni d'antennes, c'est déjà ça.»

— Il est en troisième. Je le croise tous les après-midi. L'autre jour, il m'a dit «Salut, Clara». Tu te rends compte?

«Waouh, et en plus il parle!»

— Oui, c'est incroyable! ai-je acquiescé.

Son portable a émis un bruit de clochettes de conte de fées, la photo a laissé place à un texto sur l'écran.

— C'est pas vrai! *Teen Style* fait la liste des tenues les plus belles et les plus nulles aux Victoires de la musique hier soir. Il faut que tu voies ça!

Inutile de demander qui avait envoyé le message. Ça ne pouvait être que Lucie.

Clara a soulevé son ordinateur et pianoté sur le clavier. Une page s'est ouverte sur l'écran.

— C'est trop drôle! Ils ont divisé la page entre «Les looks qui tuent» et «Les looks à tuer».

Je me suis demandé quelle sorte d'arme pouvait exterminer une tenue affreuse. Un robot déchiqueteur, sans doute?

— Oh, mon Dieu, quelle horreur! a hurlé Clara avant de se ruer sur son téléphone pour envoyer un SMS.

Mes dernières illusions se sont envolées. Clara était censée passer la journée avec moi et elle se comportait comme si je n'existais pas.

— Dis, Clara?

Elle a levé les yeux, surprise.

— Je sais que nous sommes toujours amies. L'autre jour, tu as même dit que nous étions meilleures amies. Alors je me pose des questions. C'est vrai, quand on est meilleures amies, on déjeune ensemble, on se parle entre les cours…

— Je sais, c'est compliqué. En fait, j'aurais bien aimé qu'on reste meilleures amies, mais…

Elle a laissé échapper un gros soupir et détourné les yeux. C'est là que j'ai compris qu'on ne pouvait plus faire marche arrière. Elle avait changé pendant l'été.

— Mais quoi?

— Tu es toujours mon amie, Katie. Tu le seras toujours.

— Mais plus ta meilleure amie.

Elle n'a pas répondu, c'était inutile.

— Je ne compr...

— Les filles, vous venez prendre le dessert? nous a subitement interrompues ma mère depuis le seuil de la porte.

En croisant son regard triste, je me suis demandé depuis combien de temps elle était là.

Je m'attendais à ce qu'elle me pose des tas de questions sur le chemin du retour mais, pour une fois, elle n'a rien dit.

Le lendemain commencerait ma première semaine complète au collège. Fini les barbecues et les baignades. Il n'y aurait plus que des cours, jour après jour.

Ma mère avait raison. On n'était pas encore le 21 septembre, mais l'été était officiellement terminé.

Chapitre 8

Le tourniquet

e mardi a eu lieu notre premier cours d'EPS. Je me doutais bien qu'il n'aurait rien à voir avec ce que nous faisions en gym à l'école primaire. Pour commencer, nous devions porter un uniforme : un short bleu et un tee-shirt assorti sur lequel était écrit en jaune «COLLÈGE DE PARK STREET». Je n'étais pas trop stressée avant d'entrer au vestiaire. J'avais mis de côté mes sous-vêtements préférés avec la licorne pour ne pas risquer de les mettre par mégarde pendant la semaine. Personne n'avait besoin de connaître mes goûts vestimentaires.

Je savais aussi que le gymnase serait plus grand et les profs différents. Mais je ne m'attendais pas à ce que les élèves le soient aussi. Je ne parle pas de ceux qui venaient des autres écoles, mais des camarades que je connaissais depuis toujours. Ils avaient changé, eux aussi. Prenez Eddie Rossi, par exemple. Il lui était poussé de la moustache pendant l'été ! Quant à Ken Watanabe, il avait grandi d'au moins trente centimètres.

Les garçons avaient l'air plus agressifs, aussi. Ils n'arrêtaient pas de courir dans tous les sens, de se bousculer et de se défier.

— Ils vont finir par blesser quelqu'un, ai-je glissé à Emma.

Elle a haussé les épaules. Avec ses trois frères, elle a l'habitude.

Notre prof d'EPS s'appelle Mlle Chen. Elle ressemble à ces actrices qui font de la pub pour des boissons énergisantes. Ses cheveux noirs et soyeux sont toujours relevés en une queue de cheval impeccable. Et elle porte un superbe survêtement bleu avec des bandes jaunes sur le côté.

Elle nous a rassemblés d'un coup de sifflet.

— Mettez-vous sur plusieurs rangs. Je commence toujours mon cours par un échauffement.

Nous avons fait une série de mouvements rapides et d'étirements assez faciles. Puis Mlle Chen nous a divisés en quatre équipes pour jouer au volley.

Nous faisions souvent du volley à l'école primaire. Tout le monde s'amusait et jouait presque aussi mal que moi. Donc je ne m'inquiétais pas.

J'aurais dû commencer à me méfier dès l'instant où Mlle Chen m'a mise dans la même équipe que Lucie et Éva. Nous avions aussi avec nous Ken Watanabe et deux garçons que je n'avais jamais vus, Will et Aziz.

Dans l'équipe adverse, je ne connaissais que Georges Martinez qui venait d'Hamilton comme moi.

— Très bien, chacun à son poste! a ordonné Mlle Chen.

Tout le monde s'est placé et, je ne sais comment, je me suis retrouvée au service. Ken m'a lancé le ballon. J'avais les mains moites.

— Qu'est-ce que tu attends? a aboyé Lucie.

J'ai pris une profonde inspiration et j'ai frappé le ballon de la main droite. Il est parti droit sur... les gradins et, telle une bille de flipper, a rebondi sur le béton et percuté le poteau avant de rouler jusqu'aux pieds de Mlle Chen, qui l'a ramassé pour le lancer à l'équipe adverse.

— Joli service! a ricané Lucie aussitôt imitée par Éva.

Mon visage s'est embrasé. Enfin, l'avantage, c'est que j'ai changé de place, et que je n'allais pas servir avant un moment.

Je suis restée tranquille au fond du terrain : Ken devant moi était tellement grand qu'il arrêtait tous les ballons. Les autres se défendaient bien, eux aussi, comme s'ils étaient tous devenus champions de volley pendant l'été. Pourquoi étais-je si maladroite ?

Évidemment, je me suis de nouveau retrouvée devant le filet. Mes mains ont recommencé à transpirer.

Lucie a servi et Georges a aussitôt renvoyé le ballon dans notre camp. C'était une de ces balles faciles qui effleurent le filet avant de retomber au ralenti de l'autre côté. Un vrai cadeau... sauf pour moi.

J'ai plongé pour la frapper par en dessous et je l'ai envoyée si loin derrière moi qu'Adrian n'a pas pu la rattraper.

— Hé, Katie ! Tu sais à quoi tu me fais penser ? m'a crié Georges. Au tourniquet qui arrose mon jardin.

Il s'est mis à tournoyer sur lui-même les bras écartés et tout le monde a éclaté de rire, moi la première. On se taquine depuis la maternelle et je savais bien qu'il n'y mettait aucune méchanceté.

Malheureusement, il a fallu que Lucie et Éva s'en mêlent.

— Si vous la voulez dans votre équipe, on vous l'échange, a lancé Lucie.

— Vous gênez surtout pas, a ajouté Éva.

Ce fut le cours de gym le plus long de ma vie. Georges battait des bras dès que le ballon arrivait sur lui. Si je n'avais pas été aussi en colère contre Lucie et Éva, j'aurais trouvé ça drôle. Mais j'étais malheureuse. Dès que la sonnerie a retenti, j'ai couru au vestiaire me changer et je suis partie aussitôt après.

J'avais français ensuite. C'était le seul cours où je retrouvais Alex, Emma et Mia. Et aussi Georges Martinez.

— Tiens, revoilà le tourniquet! a-t-il plaisanté.

Mia a haussé les sourcils.

— Pourquoi t'appelle-t-il comme ça?

— On vient d'avoir volley ensemble et il m'a comparée à l'arroseur de son jardin qui balaie tout sur son passage.

— C'est méchant!

— Malheureusement, il a raison. S'il te plaît, ne parlons plus d'EPS!

Mia a levé les yeux au ciel.

— Tu m'étonnes! Je sens que je vais regretter les cours de mon ancienne école. On apportait nos iPod et on dansait sur la musique qu'on voulait.

Mia portait encore une tenue de mannequin: un grand pull gris ceinturé sur une robe tee-shirt rayée noir et gris, avec des collants et des bottines noires à talons. Ça m'a rappelé ma conversation avec Clara.

— Dis, tu connais le site Internet de *Teen Style*? Son regard s'est illuminé.

— Bien sûr, c'est le plus tendance du Net. Pourquoi?

— Comme ça.

En fait, je me disais que si je m'intéressais davantage aux vêtements, ça me donnerait peut-être un sujet de conversation avec Clara.

— Qu'est-ce que tu dirais de venir chez moi ce soir pour qu'on regarde leur site ensemble? a proposé Mia.

— J'envoie un texto à ma mère et je te tiens au courant, ai-je répondu en baissant la voix, car Mme Girard venait de s'asseoir à son bureau.

Cette fois, j'ai sagement attendu la fin du cours pour écrire à ma mère.

Je peux aller chez mon amie Mia après l'école?

La réponse ne s'est pas fait attendre. Ma mère écrivait super vite pour une adulte.

Pas avant que je fasse la connaissance de ses parents. Et tu n'es pas censée écrire des textos pendant les cours. Tu veux vraiment que je te confisque ton téléphone ?

Comme je ne voulais pas perdre mon portable, je n'ai pas répondu, mais j'étais folle de rage. Quelle injustice ! J'avais perdu ma meilleure amie. Je n'étais pas près de la remplacer si ma mère me mettait des bâtons dans les roues !

Chapitre 9

Mia a du style... et du chien !

J'étais inquiète de la réaction de Mia. Mais quand je lui ai dit que je ne pourrais pas aller chez elle tant que nos mères ne se seraient pas rencontrées, elle a pouffé de rire.

— C'est pas vrai ? La mienne est pareille. Je vais enregistrer mon numéro dans ton portable. Ta mère n'aura qu'à appeler ce soir. Avec un peu de chance, tu viendras chez moi demain. C'est pas grave.

J'admirais sa décontraction. Elle ne s'énervait jamais, était terre à terre, ne jouait pas les snobs... Bref, je commençais sincèrement à l'apprécier.

J'ai décidé de prendre exemple sur elle et de rester cool. J'ai donné son numéro à ma mère sans lui faire le moindre reproche, en précisant toutefois que j'aimerais aller chez elle dès le lendemain. En revanche, je n'ai pu m'empêcher de revenir sur l'affaire des textos.

— Ça n'est pas défendu d'envoyer des SMS entre les cours.

— L'utilisation du téléphone est interdite à l'école, un point c'est tout. Que ce soit bien clair, tu ne dois t'en servir que pour les urgences !

J'ai du mal à avoir raison avec maman. Enfin, le principal, c'est qu'elle a appelé la mère de Mia, Mme Velaz, et qu'elle m'a donné l'autorisation de me rendre chez elle après les cours. Elle passerait me chercher le soir en rentrant. Comme elle riait au téléphone, j'en ai déduit que le courant passait bien entre elles. C'était bon signe.

J'étais si contente d'aller chez Mia après la classe, que même le cours d'EPS n'a pas pu me faire perdre ma bonne humeur. Mlle Chen a formé de nouvelles équipes et j'ai échappé à Éva et à Lucie. Par contre, j'avais toujours Georges sur le dos qui continuait à m'appeler le Tourniquet bien que je sois dans son camp. Allez comprendre !

Mia habite après le dernier arrêt du ramassage scolaire, dans un quartier de la ville où les maisons sont très grosses et très éloignées les unes des autres. Le bus s'est arrêté devant une demeure blanche entourée d'une pelouse bien verte contrairement à la nôtre qui est couverte de pissenlits, parce qu'on trouve ça joli, maman et moi.

Dès que Mia m'a fait entrer, j'ai été assaillie par un bruit assourdissant. Du heavy metal ébranlait les murs de la maison et deux petites boules de poils blanches se sont ruées sur nous en aboyant.

— Je te présente Milk-shake et Tiki, a dit Mia tandis que les deux adorables toutous reniflaient mes baskets. Si tu n'aimes pas les chiens, je peux les enfermer.

— Surtout pas, je les adore ! Je rêve d'en avoir un, mais ma mère est allergique. Je peux les caresser ?

— Bien sûr.

Je me suis accroupie, mais ils ne tenaient pas en place. J'ai pu à peine les effleurer.

— Suis-moi.

Elle m'a entraînée vers une pièce au bout d'un couloir. Une jeune femme aux cheveux noirs comme ceux de Mia et coiffée d'un casque travaillait sur un ordinateur, assise à un bureau.

— Maman, tu peux dire à Dan de baisser la musique ? a hurlé Mia.

Mme Velaz ne nous avait ni vues ni entendues. Mia s'est approchée pour retirer le casque de ses oreilles. Mme Velaz s'est tournée vers nous avec un grand sourire.

— Ah, voici donc Katie !

Je l'ai saluée poliment.

— Maman, tu peux dire à Dan de baisser le son ? l'a suppliée Mia.

— Ça ne t'ennuie pas d'aller le lui dire toi-même ? Je dialogue en ligne avec un client et je ne peux pas quitter mon ordinateur maintenant.

— Ça m'étonnerait qu'il m'écoute, soupira Mia.

— N'oubliez pas de goûter !

Après un crochet par la cuisine pour prendre un paquet de gâteaux, nous nous sommes dirigées vers un magnifique escalier en bois.

— Maman travaillait pour un magazine de mode à New York. Mais quand elle a rencontré Eddie, elle a décidé de le suivre ici et de monter son agence de consulting, m'a expliqué Mia d'une voix forte pour se faire entendre par-dessus la musique. Maintenant elle travaille à la maison.

Elle s'est arrêtée devant une chambre au premier étage.

— Dan est le fils d'Eddie. Il deviendra donc mon demi-frère quand nos parents se marieront dans deux mois.

Elle a tambouriné sur la porte. Celle-ci s'est ouverte lentement et un ado avec des cheveux bruns qui lui tombaient devant les yeux est apparu.

— C'est trop fort ? a-t-il demandé.

— Non, tu crois ? a ironisé Mia.

Dan a refermé la porte et, quelques secondes plus tard, le volume a baissé. Mia a secoué la tête et nous sommes reparties vers sa chambre.

— Il est en première au lycée. Encore deux ans à tenir et il quittera la maison. Enfin, j'espère.

Je me suis dit qu'il connaissait peut-être la sœur de Clara. Je ne pouvais pas m'empêcher de penser à elle.

Je m'attendais à ce que la chambre de Mia soit aussi propre et stylée que sa propriétaire. J'ai été à la fois surprise et rassurée de la découvrir en désordre.

— Ma chambre à Manhattan était bien plus belle, a déclaré Mia avec un geste dédaigneux vers le papier peint. Tu as vu ces fleurs ! Ça devait être une chambre de vieille. Eddie avait promis de la repeindre, mais maman et lui sont débordés.

J'ai mis deux secondes à comprendre qu'elle parlait de son futur beau-père. Je n'ai jamais appelé un adulte par son prénom, sauf Joanne que je considère presque comme une grande sœur. En tout cas, je me voyais mal appeler ma mère « Sharon ».

Mia a poussé les vêtements qui encombraient le lit et ouvert son ordinateur portable.

— Tu veux qu'on se connecte sur *Teen Style* ?

— D'accord.

— Leur site est assez sympa. Il y a une section où l'on peut noter les dernières tenues des célébrités.

Au bout de quelques clics, la photo d'une actrice blonde et mince est apparue sur l'écran. Elle portait une robe rouge ourlée de plumes.

Mia s'est tournée vers moi.

— Comment tu la trouves?

J'ai haussé les épaules.

— Jolie. Le principal, c'est que ça lui plaise à elle, non?

— Sa robe est un peu longue pour moi. Elle serait parfaite avec quelques centimètres en moins.

Elle a cliqué sur le chiffre 7 et un autre cliché est apparu.

Je ne voyais pas ce qu'une tenue avait de mieux qu'une autre, mais Mia avait une opinion bien arrêtée sur chacune.

Au bout d'un moment, elle a changé de page.

— Ça, c'est cool! Une fois que tu as créé ton profil, tu peux essayer les tenues que tu veux pour voir comment elles te vont.

Mia a aussitôt entrepris de composer ma silhouette : mince, taille moyenne, cheveux bruns ondulés, yeux marron. Puis elle a cliqué sur des vêtements pour l'habiller.

J'avais du mal à voir ce qui clochait dans les

tenues des autres, mais c'était sympa de découvrir ce qui allait à mon avatar. Je dois reconnaître que je m'amusais bien. Du moins, au début. Je venais d'essayer une jupe en cuir, une robe à fleurs et cinq paires de bottes différentes et je commençais à m'ennuyer quand Mia m'a proposé :

— Tu veux aller jouer avec les chiens ?

— Oh, oui !

Ils étaient adorables. Mia m'a dit que c'étaient des bichons maltais. Elle leur avait appris à rouler sur le dos. Elle a fait semblant de tousser et Tiki est allée lui chercher un mouchoir en papier dans la boîte. Je n'en revenais pas.

Quand maman est arrivée, je n'avais pas vu le temps passer. À peine étais-je montée dans la voiture qu'elle s'est mise à éternuer.

— C'est bizarre, en principe je ne fais pas d'allergie à cette période de l'année.

C'était sans doute à cause des poils de chien sur mes vêtements, mais je me suis bien gardée de le dire. Je tenais trop à retourner chez Mia.

Chapitre 10

Le meilleur club du monde

L e lendemain soir, j'ai confectionné des cupcakes pour notre vendredi gourmand. Il y avait longtemps que je n'en avais pas préparé au chocolat. Non seulement c'est un de mes parfums favoris, mais je n'ai plus besoin de l'aide de ma mère pour les faire.

Je pensais connaître la recette par cœur, mais au moment d'ajouter la levure, impossible de me rappeler la quantité nécessaire. J'ai dû vérifier dans son gros classeur de cuisine.

Les recettes me fascinent. Il suffit de suivre les indications à la lettre pour réaliser des plats délicieux. Il devrait en exister pour le collège aussi. S'il y en a une qu'il faut absolument éviter, c'est celle qui suit.

Prenez :
1 casier démoniaque
1 meilleure amie déconcertante
3 filles détestables
1 prof de maths psychorigide
1 tourniquet
Mélangez le tout. Mettez au four. Si vous laissez brûler, vous allez directement en retenue.

Heureusement, la recette pour les cupcakes au chocolat est bien plus sympa. Bientôt, toute la maison a embaumé. Une fois les gâteaux refroidis, je les ai recouverts d'un glaçage au chocolat. Puis j'ai choisi les quatre plus gros, pris un tube de sucre blanc et écrit nos prénoms dessus : Katie, Mia, Emma et Alex.

Ma mère est entrée dans la cuisine au moment où je terminais.

— Ce sont les filles avec qui tu déjeunes ?

J'ai acquiescé.

— Il en manque un.

— Non, ai-je répondu étourdiment avant de comprendre qu'elle devait faire allusion à Clara.

Je me suis raidie. Allait-elle encore essayer de savoir ce qui se passait avec elle ?

Elle m'a pris le tube des mains pour écrire «Maman» sur un cinquième gâteau. Ouf!

— Je le mangerai demain à midi, a-t-elle poursuivi. Dis, je peux en prendre aussi pour mes collègues?

— Bien sûr.

Encore un avantage des cupcakes: on en fait toujours beaucoup et on peut facilement les partager.

Le lendemain, je n'ai pas eu le temps de m'asseoir à la cafétéria que mes nouvelles amies m'assaillaient de questions.

— Tu as pensé aux cupcakes? a commencé Mia.

— Ils sont à quoi? a continué Alex.

— Je parie qu'on va se régaler, a ajouté Emma.

— J'ai opté pour le grand classique, ai-je répondu. Ils sont au chocolat.

J'ai soulevé le couvercle et elles ont poussé des oh! et des ah!

— Il faut les garder pour la fin du repas, a déclaré Alex.

— Tu plaisantes, je ne peux pas attendre! a protesté Mia avant de saisir le sien.

— Moi je préfère garder le meilleur pour la fin, a décidé Emma. Mais qu'est-ce qu'ils sentent bon!

Mia a mordu dans son cupcake et un large sourire a éclairé son visage.

— Vous ne savez pas ce que vous ratez!

Alex et Emma sont allées faire la queue au comptoir. À leur retour, Alex était hors d'elle.

— Vous ne connaissez pas la dernière des soi-disant branchées? On faisait la queue avec Emma, quand elles sont arrivées près de Marc Ridge qui était juste devant nous. Lucie lui a lancé: «Dis, Marc, on était bien derrière toi?», et elles sont passées devant tout le monde!

Emma a levé les yeux au ciel.

— Ouais, comme ça, sans se gêner!

— Vous ne leur avez rien dit? s'est étonnée Mia.

Alex a haussé les épaules.

— Pour quoi faire? Elles croient que le fait d'appartenir à leur club leur donne des privilèges. Je ne supporte plus ces snobinardes!

J'ai baissé la tête vers mon sandwich. Je comprenais la colère d'Alex, mais ça me gênait qu'elle englobe Clara.

— Alex, Clara est l'amie de Katie, lui a rappelé Emma comme si elle lisait dans mes pensées.

Alex a rougi.

— Je sais, je suis désolée, je suis sûre que les autres lui ont fait un lavage de cerveau pour qu'une fille aussi gentille entre dans leur club.

— Heureusement que tous les clubs ne sont pas aussi nuls, a soupiré Mia. Dans mon ancienne école, nous avions, entre autres, un club de mode et un ciné-club, fantastiques tous les deux.

— Oui, parce qu'ils étaient basés sur du réel. Pas sur une notion absurde comme «être branchée».

— Vous savez ce qui serait le club le plus fabuleux de tous les temps? me suis-je écriée en brandissant mon gâteau. Le Club des Cupcakes! Pas besoin d'être branché pour en faire partie. Il suffit d'aimer les pâtisseries.

— Ça me plaît! s'est exclamée Alex.

— Le Club des Cupcakes, a répété Emma. Quel nom appétissant!

— On devrait vraiment le faire! a renchéri Mia. Je n'en revenais pas.

— Sérieux?

— Pourquoi pas? Cette école a besoin de clubs sympas.

— On pourrait se réunir tous les vendredis à midi puisque c'est le jour où j'en apporte.

— Moi aussi, j'aimerais en préparer de temps en temps, a proposé Emma.

— Et si on les faisait à tour de rôle? a suggéré Alex. Je veux bien me charger d'établir le calendrier.

— Bonne idée, sauf que je n'ai jamais fait un seul gâteau de ma vie, a gloussé Mia.

— Même pas avec de la pâte toute prête?

— Ce n'est pas la peine. En bas de chez nous, on a une pâtisserie qui en fait d'excellents!

— Eh bien, les nôtres seront encore meilleurs! a affirmé Alex. Même si je n'ai pas beaucoup d'expérience, moi non plus. Les miens seront sans doute moins bons que les tiens, Katie.

— Tu verras, c'est facile, il suffit de suivre la recette.

J'ai pensé à mes premiers essais: ma mère n'était alors jamais très loin et me donnait toutes sortes de conseils qu'on ne trouve pas dans les livres de cuisine.

— Vous devriez venir chez moi ce week-end. Je vous apprendrai.

— Un cours de pâtisserie… a murmuré Mia. Je sens qu'on va s'éclater!

— Il faut juste que j'en parle à ma mère. Je vous le confirme ce soir, d'accord?

J'étais folle de joie. Et malgré moi, j'ai cherché Clara des yeux. Ça me faisait bizarre de créer ce club sans elle, qui aimait les gâteaux autant que moi.

Allait-elle quitter son Club des Branchées pour rejoindre notre Club des Cupcakes?

ChAPitrE 11

Au travail!

— Alors, vous êtes combien dans ce club? a demandé ma mère pendant le dîner, le soir même.

— Quatre. Mia, Emma, Alex et moi.

— Je vois. As-tu proposé à Clara d'en faire partie?

— J'y ai pensé. Mais je ne suis pas sûre qu'elle accepte. Elle s'est fait d'autres amies.

Ouf, c'était dit! Je me sentais soulagée.

— Ce sont des choses qui arrivent, a répondu gentiment ma mère. Les enfants changent souvent en grandissant. J'ai connu ça en CE2. Ma meilleure amie Sally m'a laissée tomber pour une nouvelle élève. J'étais très, très triste. Heureusement, je me suis fait d'autres amies.

J'avais du mal à imaginer ma mère en petite fille. Je la voyais en classe dans sa blouse de dentiste. Quoi qu'il en soit, je comprenais ce qu'elle voulait dire.

— Nous avons décidé de continuer à nous voir de temps en temps. Je vais lui envoyer un texto.

Je lui ai écrit après le dîner.

Salut Clara ! Cupcakes demain à 14 h chez moi.
Tu veux venir ?

Elle m'a répondu :

Ça m'aurait bien plu, mais je vais au centre commercial. Peut-être une autre fois ?

OK.

J'étais déçue, mais pas trop. Je savais qu'on allait bien s'amuser, même sans elle.

Je suis allée annoncer la nouvelle à ma mère.

— Clara ne viendra pas. On peut appeler les autres filles maintenant ?

— Oui. Je pensais qu'on pourrait commencer par des cupcakes tout simples. À la vanille avec un glaçage au chocolat, par exemple. On ne doit plus avoir de sucre, mais on ira en acheter dans la matinée.

— Et si on mettait dessus les petites pastilles au chocolat avec des pois blancs ?

— Excellente idée !

— Oh, et tu sais, maman, je pense qu'il faut qu'on se débrouille toutes seules, si on veut faire ce club.

— C'est vrai, tu as raison. En tout cas, je serai à côté si vous avez besoin de moi.

Parfois, ma mère me surprend, elle peut être vraiment très cool.

Le lendemain à 14 heures, nous étions prêtes pour la première réunion officielle du Club des Cupcakes. J'avais aidé maman à laver le sol carrelé et à récurer à fond les plans de travail. Nous avions préparé les moules, le tamis pour la farine, le gros mixeur rouge, le verre doseur et la petite tasse avec l'oiseau dessiné dessus qui contient nos cuillères mesures.

La sonnette a retenti. C'était Mia.

Au moment où je lui ouvrais la porte, un mono-space s'est arrêté devant la maison et Emma et Alex en sont descendues. La conductrice, une petite jeune femme blonde, en jean et en baskets coiffée d'une queue de cheval, les a suivies.

— Tu dois être Katie, m'a-t-elle dit en me

serrant la main. Je suis Wendy Taylor, la mère d'Emma. Je peux voir ta maman?

Ma mère est apparue derrière moi comme par enchantement.

— Wendy, je suis ravie de vous rencontrer! Entrez, je vous en prie. Je suis Sharon.

Alors que nous laissions nos mères passer devant nous, Emma s'est excusée d'un air contrit.

— Désolée, ma mère est hyper protectrice.

J'ai souri.

— La mienne est pareille, m'en parle pas!

— Waouh, on se croirait au royaume des cupcakes! s'est exclamée Mia en entrant dans la cuisine.

— Nous en faisons souvent, alors nous avons beaucoup de matériel.

Nous avons un grand placard, que ma mère appelle notre «armoire à provisions», où tout le nécessaire à pâtisserie est rangé: tubes de glaçage, paillettes et décorations (ballons ou fleurs à piquer sur un gâteau, etc.).

J'ai ouvert fièrement la porte.

— Tout ce dont nous avons besoin se trouve ici.

— Tu ne prends pas des mélanges tout prêts? s'est étonnée Alex alors que je leur distribuais la farine, la levure, le sucre et la vanille.

— Ma mère dit que c'est aussi facile de faire

sa pâte soi-même. En plus, tu sais ce qu'il y a dedans.

J'ai sorti deux œufs du réfrigérateur et pris le beurre qui ramollissait sur le comptoir.

— Cela devrait nous suffire pour l'instant. Bon, avant de commencer, nous devons nous laver les mains.

— On dirait une prof! a plaisanté Mia.

J'ai rigolé.

— Vous imaginez Mme Moore nous expliquer comment faire des gâteaux? La concentration est la clé du succès, mesdemoiselles! ai-je déclamé en imitant de mon mieux la voix grave et un peu chantante de notre prof de maths. Sans concentration, vous ne parviendrez jamais à faire de bons cupcakes.

Alex et Emma se sont esclaffées.

— Tu l'imites trop bien! Tu peux faire Mlle Biddle? m'a demandé Alex.

J'ai réfléchi. Mlle Biddle a une voix entraînante comme une pom-pom girl. Et elle s'exprime toujours en langage scientifique.

— Qui veut émettre une hypothèse sur le goût de nos futurs gâteaux?

Mia a levé la main.

— Ils seront délicieux!

— Attendez, moi je sais imiter Mlle Chen! est

intervenue Alex qui s'est redressée, raide comme un I. Secouez-vous ! Nous allons exécuter quelques cupcakes !

Je riais tellement que j'en ai eu mal au ventre.

Ma mère est entrée dans la pièce.

— Je ne savais pas que c'était si drôle de faire des cupcakes !

— Vous êtes en retard, madame Brown ! ai-je rétorqué avec la voix de Mme Moore. Deux heures de colle !

Nos rires ont redoublé tandis que ma mère secouait la tête d'un air accablé.

— Je vous rappelle que la mère d'Emma revient à 16 heures. Alors, mettez-vous au travail, les filles. Je suis dans mon bureau si vous avez besoin de moi.

J'ai pris la direction des opérations. Nous avons utilisé le mixeur pour battre les œufs avec le sucre, le beurre puis la vanille. Il a fallu ensuite mélanger dans un autre plat la farine et la levure avec une pincée de sel. Nous mesurions les doses à tour de rôle. Emportée par son enthousiasme, Alex a disparu dans un nuage de farine quand elle a commencé à la tamiser.

— Il est interdit de jouer avec la farine ! Une heure de colle ! ai-je aboyé avec la voix de Mme Moore et notre fou rire est reparti de plus belle.

Une fois la préparation terminée, ma mère est venue nous montrer comment verser dans chaque moule la quantité exacte de pâte à l'aide d'une cuillère à glace. J'ai toujours tendance à trop en mettre et ça déborde.

Pendant que les gâteaux cuisaient, nous avons fait la vaisselle. Le temps qu'ils refroidissent, nous avons repris le mixeur pour préparer le glaçage au chocolat.

Pour ma part, c'est la partie la plus délicate à réaliser, même si ma mère a des couteaux plats spéciaux. Les essais d'Alex et d'Emma n'ont pas été plus concluants que les miens alors que Mia a tout de suite réussi à étaler le sucre de façon égale.

— Je croyais que tu n'avais jamais fait la cuisine de ta vie, me suis-je étonnée.

— C'est vrai, mais je dois avoir un don caché pour le glaçage des cupcakes.

— Les miens ont l'air tout tristes, a soupiré Emma.

— Je sais comment leur rendre le sourire !

J'ai sorti le sac de pastilles au chocolat que nous avions acheté et en ai posé une au milieu d'un de ses cupcakes.

— Tu vois. C'est parfait !

— Ah, oui, c'est carrément mieux !

Tout le monde a pioché dans le sac pour décorer

les autres cupcakes. Mia en a pris plusieurs pour dessiner un cercle sur un gâteau et une fleur sur un autre.

— Tu es une cuisinière-née.

Elle m'a répondu par un sourire radieux.

— J'ai envie d'essayer de faire les cupcakes pour vendredi prochain. Je pense y arriver.

— Bien sûr. Et tu pourras toujours me téléphoner si tu as un problème.

Nous n'avons pas vu le temps passer. À 16 heures, ma mère a distribué des boîtes aux trois filles pour qu'elles emportent des gâteaux chez elles.

Il y avait un peu de nettoyage à faire après leur départ, mais ça ne m'a pas dérangée.

— J'ai l'impression que le Club des Cupcakes a pris un bon départ, a remarqué ma mère tandis qu'elle m'aidait à tout remettre en ordre.

— Oui, c'était génial !

Chapitre 12

Des hauts et des bas

Dès la création du Club des Cupcakes, la vie au collège est devenue plus facile.

Le lundi, je suis arrivée à ouvrir mon casier du premier coup. D'après Alex, le mécanisme devait être rouillé et j'avais réussi à le dégripper. D'après moi, les bonnes ondes du Club des Cupcakes avaient mis en déroute l'esprit démoniaque des extraterrestres.

Côté cours de maths, Mme Moore ne s'améliorait pas, mais chaque fois qu'elle nous menaçait de sévir, je notais ses expressions pour les reprendre à ma prochaine imitation ; du coup, elle m'effrayait beaucoup moins.

Quant au cours d'EPS, je prenais mon mal en patience. Lucie avait beau lancer des vannes du style : «Prenez Katie dans votre équipe si vous voulez perdre!», je ne lui répondais pas. Je savais que j'aurais ma revanche le jour de la course sur piste. Je la bats depuis le CE2.

Malheureusement, il s'est produit un incident le mercredi en cours de français. Ce n'est pas moi qui en ai été victime, mais Alex avec sa manie de vouloir bien faire. Mme Girard nous avait annoncé en arrivant qu'elle nous donnerait un devoir de vocabulaire à faire à la maison. Mais quand la sonnerie a marqué la fin du cours, elle avait apparemment oublié. Alex a alors levé la main.

— Vous ne nous avez pas donné le devoir, madame.

Sa remarque a provoqué un concert de protestations.

— Merci beaucoup, Alex! a lancé Eddie Rossi du fond de la salle.

— Si tu trouves qu'on n'a pas assez de devoirs, tu peux faire les miens! a braillé Kevin Jaworski.

— Je vous en prie, un peu de silence! a ordonné Mme Castillo. Vous devriez remercier Alex. Sans elle, vous auriez eu le double de travail demain.

La prof n'a convaincu personne. Et dès que la classe est sortie dans le couloir, tout le monde a insulté Alex.

— Oh, la lécheuse!

— La chouchoute !

J'ai cru qu'elle allait pleurer. J'avais de la peine pour elle.

— Laissez-la tranquille ! a tenté de la défendre courageusement Mia avant qu'on se replie vers les casiers.

Ce mauvais moment passé, le vendredi gourmand est vite arrivé.

Mia est entrée dans la cafétéria avec une très jolie boîte à gâteaux rose. Elle a soulevé le couvercle pour nous révéler quatre magnifiques cupcakes glacés au chocolat et parsemés de pastilles de chocolat.

— Comme ils sont jolis ! s'est exclamée Emma.

— J'espère qu'ils seront bons, a répondu Mia. Nous n'avions pas de vanille et je n'ai pas fait attention à la quantité de sel que je mettais.

— Je déclare ouverte la seconde séance du Club des Cupcakes ! a tonné Alex.

Et elle a donné un gros coup de poing sur la table au moment ou passaient Lucie et Julia... euh, pardon, Bella.

Lucie a pilé net.

— Le Club des Cupcakes ? Vous vous croyez à la maternelle ?

— Trop nul ! a ricané Bella, les yeux au ciel.

— Pas aussi nul que le Club des Branchées! a riposté Alex à mi-voix.

Lucie a haussé les sourcils.

— Pardon? Qu'est-ce que t'as dit?

— T'aimerais trop qu'on t'en apporte la prochaine fois! a rétorqué Mia.

— N'importe quoi! a grommelé Lucie avant de repartir à grands pas vers sa table, Bella sur ses talons.

— Tu lui as cloué le bec! me suis-je exclamée, épatée.

— Qui veut un cupcake? a enchaîné Emma.

Nous en avons pris un chacune, mais j'avais l'estomac noué. Lucie et Bella s'étaient assises à côté de Clara et feuilletaient des magazines avec elle. Je me suis forcée à regarder ailleurs.

Les cupcakes étaient bons, quoiqu'un peu trop salés. En revanche, j'ai trouvé le glaçage particulièrement réussi.

J'ai félicité Mia qui a affiché un large sourire, fière d'elle.

Le soir, après la dernière heure de cours, alors que je regagnais mon casier, j'ai vu Mia arriver avec d'autres filles.

En les voyant rire ensemble, j'ai ressenti un pincement au cœur, soudain consciente qu'elle était beaucoup plus cool que moi. J'avais peur qu'elle ne se lasse vite du Club des Cupcakes. Allait-elle, comme Clara, nous quitter pour d'autres amies?

«Ça ne sert à rien de s'inquiéter à l'avance, dit toujours ma mère. Profite donc du moment présent!»

Cette petite phrase fait partie des formules magiques dont ma mère ne se lasse jamais. Elle a raison: pour le moment, Mia était mon amie. Elle prenait le bus et déjeunait tous les jours avec moi. Elle m'invitait chez elle et faisait de la pâtisserie pour le Club des Cupcakes. Cela changerait peut-être un jour mais, en attendant, j'étais bien avec elle.

Mia m'a aperçue au même moment et a agité la main dans ma direction.

— Salut, Katie, on se retrouve dans le bus?

Merci, maman!

Chapitre 13

Alex a une idée

J'ai quand même retrouvé Clara deux ou trois fois les semaines suivantes. Ma mère a invité les Wilson à un repas italien. C'est une sorte de tradition entre nous, comme le barbecue de la fête du Travail. Ma mère fait des tonnes de pâtes et de salade. Elle met une nappe à carreaux rouges et blancs et des bougies sur la table. Elle se surpasse, évidemment, et ces soirées ne manquent jamais d'ambiance.

Ensuite, Clara m'a invitée à venir voir le premier épisode de *Singing Stars* à la télé. C'était notre émission préférée. J'ai apprécié cette soirée même si Clara a passé son temps à envoyer des textos.

Je consacrais une grosse partie de mon temps libre au Club des Cupcakes. Un samedi, maman nous a appris à confectionner ses fameux gâteaux au beurre de cacahuètes et à la gelée. Un soir, Mia m'a invitée à dîner. Sa mère a rapporté des plats indiens de chez le traiteur. Je n'en avais encore jamais mangé et j'ai trouvé ça délicieux et très parfumé. La mère et le beau-père de Mia m'ont paru sympas et son demi-frère aussi, même si Mia le considère comme un abruti.

Oh, j'oubliais, j'ai été collée deux fois par Mme Moore. Comme c'était une punition générale, ça ne m'a pas trop affectée. Surtout que j'ai pu en parler avec Mia, Emma et Alex. C'était le rôle du Club des Cupcakes : pouvoir se raconter nos petites histoires tout en faisant et en dégustant de la pâtisserie.

Bref, la vie n'était pas parfaite, mais presque.

Un lundi matin, Mme LaCosta, notre principale, nous a annoncé une grande nouvelle.

— Nous allons vous distribuer des demandes d'autorisation pour le premier bal de l'année. Ceux qui veulent y participer devront nous les retourner avant lundi prochain. Une grande kermesse au profit du collège sera organisée ce jour-là. Vous trouverez toutes les informations sur les polycopiés qu'on va vous remettre.

Évidemment, à midi, on n'a parlé que de ça à la cafétéria.

— Je savais qu'il y avait des bals au collège mais je ne pensais pas qu'il y en aurait un si tôt, s'est étonnée Alex.

— Vous croyez qu'on sera forcées de danser? me suis-je inquiétée, en pensant à *Grease*, un des films préférés de ma mère.

Hors de question de me contorsionner comme ces malades. Et même si je le voulais, je ne pourrais jamais faire des acrobaties pareilles.

— On avait des bals dans mon ancienne école, a répondu Mia. Il y avait quelques élèves qui dansaient, mais on passait surtout notre temps à bavarder.

— Les garçons et les filles dansaient ensemble? a demandé Emma que cette idée semblait angoisser.

— Parfois.

Nous n'avons plus rien dit pendant un moment. Nous étions toutes un peu nerveuses, à part Mia.

— Vous avez lu ce qui est écrit au sujet de la kermesse? ai-je lancé tout à coup. Elle aura lieu sur le parking de l'école. Ceux qui ont des idées de choses à vendre peuvent avoir un stand. Et il y aura un concours: le stand qui gagnera le plus d'argent sera récompensé.

Alex a hoché la tête.

— Il paraît que l'équipe de basket a l'intention de monter un bassin-trempette avec les profs de gym. Ça devrait super bien marcher.

— Notre club aura le meilleur stand de toute la kermesse! a clamé Lucie derrière nous. Mais motus et bouche cousue. Ça doit rester top secret.

Alex a levé les yeux au ciel.

— À croire que la kermesse est organisée au profit du Club des Branchées. Lucie a vraiment le don de tout ramener à elle!

— Je me demande ce qu'elles ont trouvé comme idée, a marmonné Emma.

Alex ne l'écoutait pas. Elle semblait réfléchir à cent à l'heure.

— Vous savez quoi? Je parie qu'on pourrait gagner pas mal d'argent avec nos cupcakes.

— C'est pas une mauvaise idée! a approuvé Mia. Mais il faudrait en faire beaucoup.

Alex a sorti son bloc-notes.

— Il y a quatre cents élèves dans l'école. Disons qu'une moitié assistera au bal. Ça nous fait deux cents. En comptant en plus les profs, les parents, les frères et sœurs, on devrait arriver à quatre cents. Et si la moitié achète des gâteaux…

— … il nous en faudra deux cents, ai-je fini d'un ton triomphant. Vous avez vu! Je ne me suis pas trompée ! Les cours de Mme Moore commencent à porter leurs fruits.

— Ça fait beaucoup ! a soupiré Emma.

— Bof, à peine dix-sept douzaines ! a répondu Alex. Il suffit de s'y prendre à l'avance et d'en faire plusieurs douzaines par jour pendant quatre ou cinq jours. Comme c'est pour l'école, nos parents nous offriront les ingrédients. Et si nous vendons chaque gâteau cinquante cents, ça nous rapportera cent dollars.

— Cinquante cents ? a protesté Mia. Dans les pâtisseries de Manhattan, ils vendent les cupcakes cinq dollars pièce. Et ceux de Katie valent largement les leurs.

Alex l'a dévisagée les yeux écarquillés.

— Y a des gens qui paient des cupcakes cinq dollars ?

— On pourrait les vendre deux dollars ? a suggéré Emma.

— Ça me semble un bon prix, ai-je opiné. Si nous les vendons tous, ça nous fera quatre cents dollars.

— On va gagner le concours ! a décrété Mia, les yeux brillants d'excitation.

— Je suis sûre que notre idée est bien meilleure que celle de Lucie, a conclu Alex.

J'ai tourné les yeux vers la table du Club des

Branchées. Je me moquais de les battre. Je pensais à Clara. Le Club des Cupcakes ne l'avait pas intéressée jusque-là, mais si nous gagnions la compétition, elle changerait peut-être d'avis.

J'ai acquiescé à mon tour.

— Je suis d'accord. Reste à savoir comment on va s'organiser pour confectionner deux cents cupcakes.

CHAPITRE 14

Un essai peu concluant

Il faut se réunir pour en parler, a répondu Alex. On pourrait faire ça chez moi, cette fois. Samedi, ça vous irait?

Mia a secoué la tête.

— Je vais chez mon père ce week-end.

— Il sera encore temps le week-end prochain, a remarqué Emma. Le bal n'a lieu que dans un mois.

— Il faut aussi qu'on décide des recettes qu'on va réaliser, leur ai-je rappelé.

— Ça, on pourra le faire pendant la semaine, a déclaré Alex. Et on établira aussi un emploi du temps.

Le samedi suivant, je me suis donc rendue chez Alex avec une pile de recettes et assez d'ingrédients pour deux douzaines de gâteaux. Si on choisissait de nouveaux parfums, il faudrait faire des essais.

Alex habitait dans une maison en brique rouge entourée d'une jolie pelouse. Des arbustes taillés en boules encadraient les marches du perron. C'est Alex qui m'a ouvert. Elle a écarquillé les yeux devant mon chargement.

— Katie, qu'est-ce que c'est que tout ça ?

— C'est pour notre réunion. Pour expérimenter de nouvelles recettes.

— Oh, je pensais qu'on devait juste en parler.

— Autant les tester tant qu'on y est.

Alex m'a conduite à la cuisine, impeccable. Rien ne traînait sur les comptoirs, pas un seul appareil ! Chez nous, il y a toujours le grille-pain, mais aussi le gros mixeur rouge, un pot à gâteaux en forme de pomme, l'étagère à épices de maman et souvent une corbeille à fruits.

La mère d'Alex finissait de préparer notre réunion : elle a posé sur la table des verres, un pichet d'eau et du raisin ainsi qu'un carnet et un crayon devant chaque place. Elle portait un cardigan bleu clair avec un élégant pantalon bleu marine. Je ne l'ai jamais vue en jean, même le samedi. Elle m'a accueillie avec un grand sourire.

— Bonjour, Katie. Oh, tu as apporté des petites choses à grignoter ? Comme c'est gentil !

— Non, en fait ce sont des ingrédients pour confectionner des cupcakes.

— Quoi? Vous avez l'intention d'en faire aujourd'hui? Oh, mon Dieu, mais tu ne m'avais pas dit ça, Alex!

— Ne t'inquiète pas, maman, on rangera tout après et on nettoiera, c'est promis.

— Vous pouvez compter sur nous, ai-je renchéri. Nous nettoyons chaque fois que nous cuisinons chez moi.

— Très bien, a soupiré Mme Becker. Mais appelez-moi pour allumer le four.

— Ma mère n'aime pas les changements de programme, m'a glissé Alex dès que nous avons été seules. Surtout quand cela risque de provoquer du désordre.

— Je te promets de ne pas salir. Enfin, le moins possible, ai-je corrigé en songeant à l'état de notre cuisine après une séance de pâtisserie.

Emma et Mia sont arrivées peu après. Alex a mis de côté les carnets et les crayons et j'ai sorti les ingrédients de mon sac. En plus des produits habituels, j'avais pris dans l'armoire à provisions de minuscules guimauves, des pépites de chocolat, des noisettes, des paillettes, des bonbons rouge vif, des tubes de glaçage, des colorants alimentaires et un pot de cerises confites.

— Tout ça a l'air bien trop bon! s'est émerveillée Mia.

— Je me suis dit que si on voulait vendre beaucoup de cupcakes on allait devoir inventer des recettes originales.

— Et comment les trouver? a demandé Emma.

— En faisant des expériences. C'est comme ça que nous procédons avec maman. Nous avons mis au point, entre autres, le cupcake banana split. Mais je n'ai pas de banane, alors il va falloir trouver autre chose. Tu as un mixeur, Alex?

— Non, juste un batteur.

— Ça ira. On va commencer par préparer une pâte normale à la vanille.

J'en avais tellement fait les semaines précédentes que je connaissais désormais la recette par cœur. En deux temps trois mouvements, la pâte était prête.

— Il ne nous reste plus qu'à décider ce qu'on va mettre dedans.

— Tout le monde aime les pépites de chocolat, a remarqué Mia.

— La guimauve va bien avec le chocolat, a renchéri Alex.

— Absolument, a approuvé Emma, et nous avons ajouté quelques cuillerées de guimauve.

— Et si on mettait des noix ? a proposé Emma. J'aime bien quand ça craque sous la dent.

— Oui, mais certaines personnes y sont allergiques, a souligné Alex.

— On pourrait mettre des paillettes à la place, ça croustille aussi.

Alex a plissé le nez.

— Ça ne se met pas seulement sur le dessus ? Tu crois qu'on peut les incorporer à la pâte ?

— Pourquoi pas ?

Personne n'y voyant d'objection, on y a laissé tomber la moitié d'un flacon de paillettes multicolores.

— Ça m'a l'air pas mal, a murmuré Mia. On devrait s'arrêter là.

Nous avons versé la pâte dans les moules qu'Alex avait préparés. Mais nous y avions ajouté tant d'ingrédients qu'il en restait encore une bonne quantité.

— Je n'ai pas d'autres moules, a soupiré Alex.

— Ce n'est pas grave, on fera deux fournées.

Mme Becker est venue allumer le four. Elle a haussé les sourcils devant nos gâteaux.

— Oh, ils ont une drôle d'allure.

— Attends de les goûter, a répondu Alex. Tu vas adorer.

Pendant que les cupcakes cuisaient, nous avons préparé un glaçage à la vanille tout simple.

— On y ajoute quelque chose ? ai-je demandé.

— Je crois qu'on a déjà mis assez d'ingrédients dans la pâte, non ? a répondu Mia.

Tout le monde l'a approuvée.

Nous avons fait ensuite un peu de nettoyage. Quand la minuterie a sonné, Mme Becker est revenue dans la cuisine.

— Vous voulez les sortir maintenant ?

— Je vérifie juste qu'ils sont assez cuits, ai-je répondu.

J'ai piqué un gâteau avec la pointe d'un couteau comme maman me l'avait appris. Si la lame sortait propre, cela signifiait qu'il était cuit. S'il y avait de la pâte dessus, il fallait le laisser encore un peu au four.

Quand j'ai ressorti la lame, ce n'était pas de la pâte qui collait dessus, mais un mélange gluant de guimauve, de chocolat et de paillettes.

J'ai interrogé mes amies du regard.

Alex a examiné les cupcakes par-dessus mon épaule.

— Ça doit être bon. Regarde, ils sont un peu bruns sur le dessus.

Dans le doute, il valait mieux les sortir. Et j'avais hâte de les goûter. Ils sentaient délicieusement bon !

Nous avons déposé les cupcakes sur une grille.

D'habitude, nous bavardions en attendant qu'ils refroidissent, mais là, nous sommes restées à les regarder en silence, comme si on pouvait les tiédir par la pensée.

— On devrait peut-être les goûter avant de les glacer ? a proposé Mia.

— Bonne idée !

Nous avons pris chacune un petit gâteau. Ils étaient encore bien chauds. J'ai écarté le papier pour mordre dedans. Un mélange de chocolat et de guimauve brûlant et gluant a explosé dans ma bouche.

— Mmm...

Alex a fait une affreuse grimace.

— C'est trop sucré !

— C'est jamais trop sucré ! ai-je protesté, et Emma a hoché la tête, d'accord avec moi.

— On s'en met plein les doigts, a grommelé Mia avant d'attraper une serviette en papier.

— Voyons ce que ma mère en pense.

Alex est revenue avec ses deux parents. M. Becker était grand et maigre, avec des cheveux bouclés et des lunettes comme sa femme.

— C'est génial votre idée pour lever des fonds, les filles ! Tout le monde adore les cupcakes.

— Ils auront un goût différent quand ils seront

glacés, les a prévenus Alex en leur tendant un gâteau chacun.

Nous avons retenu notre souffle tandis qu'ils mordaient dedans. Mme Becker a fait la même grimace que sa fille.

— Mon Dieu que c'est sucré !

— C'est quand même très bon, a reconnu M. Becker. Mais je vous avoue que ne suis pas un grand fan de guimauve. Je n'ai jamais aimé ça. Vous savez lesquels je préfère ? Les cupcakes à la vanille, tout bêtement.

Comme le père de Clara !

— Ça doit être un truc de parents, ai-je soupiré.

— Il ne faut pas oublier que ce sont surtout les parents qui vont acheter nos cupcakes, a remarqué Alex.

— Mais c'est une recette basique ! ai-je protesté, découragée. Nous devons leur apporter un petit plus si nous voulons en vendre beaucoup.

— Et si on se contentait de leur donner un aspect original ? a suggéré Mia.

— Comment ça ?

— Eh bien, comme il s'agit d'une collecte de fonds pour le collège, on pourrait les faire aux couleurs de notre école, par exemple.

Je me suis aussitôt tournée vers Mme Becker.

— Je pourrais avoir un autre bol, s'il vous plaît ?

J'ai réparti le glaçage à la vanille dans les deux bols. J'ai ajouté quelques gouttes de teinture bleue dans l'un et quelques gouttes de jaune dans l'autre. Emma m'a aidée à mélanger.

— Il faudrait davantage de bleu, nous a conseillé Mia.

Après plusieurs essais, nous avons obtenu le bleu et le jaune officiels du collège de Park Street.

— Mia, à toi de jouer !

Mia a habilement glacé un gâteau en jaune et un autre en bleu. Elle a ensuite pris un tube jaune pour écrire PS sur le cupcake bleu et un tube bleu pour écrire PS sur le jaune.

— Et voilà ! Vous n'avez plus qu'à imaginer que ce sont de simples gâteaux à la vanille en dessous !

— Ils sont parfaits ! s'est exclamée Mme Becker.

— Vous en vendrez une centaine sans problème, a renchéri M. Becker.

— Deux cents, tu veux dire ! s'est écriée Alex.

— Et nous gagnerons le concours ! ai-je affirmé. Il ne nous reste plus qu'une chose à faire.

— Laquelle ? a demandé Alex.

— Confectionner deux cents cupcakes !

CHAPitRE 15

Mode d'emploi
pour deux cents cupcakes

ertes, j'étais déçue de ne faire que de simples gâteaux à la vanille, mais j'adorais la décoration de Mia. Le vendredi gourmand suivant, Emma nous a apporté des cupcakes qu'elle avait réalisés chez elle.

J'ai mordu dedans et j'ai senti des pépites au chocolat et des paillettes croustiller sous mes dents !

— J'ai préféré renoncer à la guimauve pour qu'ils ne soient ni trop pâteux ni trop sucrés. Comment tu les trouves ?

— Ils sont incroyables ! l'ai-je félicitée.

Emma a rougi.

— En fait, j'ai bien aimé ceux que tu avais faits chez les Becker.

Ça m'a remonté le moral de savoir qu'elle, au moins, les avait appréciés.

Tout en dégustant ses gâteaux, nous avons passé en revue notre programme de la semaine. Nos parents avaient accepté qu'on fasse des cupcakes les quatre jours précédant le concours, du mardi au vendredi, à condition qu'on termine nos devoirs avant. Nous nous réservions le samedi matin pour le glaçage et la décoration.

Ma mère a proposé que les deux cents cupcakes soient confectionnés chez nous. Chacune apporterait les ingrédients et les moules à tour de rôle.

Alex avait tout inscrit sur un tableau.

— Mardi soir, c'est Katie qui fournira le matériel, mercredi ce sera moi, jeudi, Emma, et vendredi, Mia. On se retrouvera toutes chez Katie le samedi matin pour les glacer. Il faudra faire quatre douzaines de gâteaux par soir et cinq le vendredi. Ce qui nous fera deux cent quatre cupcakes au total, soit quatre en plus.

Je me suis penchée pour étudier le tableau d'Alex de plus près. Il était criblé de stickers en forme de gâteau. Un sticker équivalait à une douzaine. Et là, j'ai pris la mesure du travail qui nous attendait.

— C'est une sacrée mission de fabriquer deux cents cupcakes !

Un ricanement a accueilli ma déclaration. J'ai

relevé la tête. Lucie et Éva nous toisaient d'un air goguenard.

— Ne me dites pas que vous allez faire des cup-cakes pour la kermesse ? a ricané Lucie. Quelle originalité !

— Ouais, y a pas plus mortel ! a insisté Éva.

Je l'ai fusillée du regard.

« Tu sais ce qui est mortel et pas du tout original ? Suivre Lucie partout et répéter ce qu'elle dit comme un perroquet », aurais-je aimé lui répondre, mais je n'en ai pas eu le courage.

Mia, elle, ne s'est pas dégonflée.

— N'empêche que tout le monde aime les cup-cakes ! Et vous, qu'est-ce que vous faites de beau ?

— C'est top secret, a répondu Lucie. On prépare du jamais-vu ! On va épater tout le monde.

— Tout le monde sauf nous, a soufflé Alex à mi-voix pendant que Lucie et Éva repartaient vers leur table.

— Je me demande ce qu'elles nous réservent, a murmuré Emma. Je parie que ce sera un truc génial.

— Moi, je suis sûre qu'elles n'en ont pas la moindre idée, ai-je affirmé. Sinon, elles nous en auraient parlé depuis longtemps !

Alex a rigolé.

— Tu as raison.

Après les commentaires désagréables de Lucie, je désirais plus que jamais remporter le concours. Nous avions une recette et un plan. Il ne nous restait plus qu'à passer à l'action.

Notre première soirée pâtisserie a donc eu lieu le mardi qui précédait la kermesse. Ma mère bouillait d'impatience, elle aussi. Elle avait même acheté des moules supplémentaires.

Mia, Alex et Emma sont arrivées chez moi à 19 heures sonnantes. Maman n'a pas pu s'empêcher de nous faire un petit discours d'encouragement. Puis elle nous a donné quelques instructions.

— Même si vos plats sont assez grands pour préparer d'un coup la pâte nécessaire à vos quatre douzaines de gâteaux, je vous le déconseille. La confection de la pâte est délicate. Faites-la en deux fois. Commencez avec une première fournée, mettez-la à cuire et refaites de la pâte pour la seconde. Ainsi, vous serez sûres d'obtenir des cupcakes parfaits.

— Merci, madame Brown, a dit Mia.

— Avant de commencer, approchez-vous, a poursuivi ma mère, le bras tendu devant elle.

Pour lui faire plaisir, nous avons empilé nos mains les unes sur les autres.

— Pour le Club des Cupcakes! Hip, hip, hip, hourra!

Décidément, elle ne m'épargnait rien.

Il était temps de nous mettre au travail. On a vite trouvé le rythme. Emma aimait mélanger la farine, Mia, peser les ingrédients, et moi j'adorais casser les œufs. Le premier saladier de pâte a été confectionné en un temps record. C'est alors que le téléphone a sonné.

Je me suis essuyé les mains en vitesse avant de décrocher.

— Salut, Katie.

C'était Clara.

— Je t'ai envoyé un texto. Tu regardes *Singing Stars*? Ryan a réussi à se qualifier en finale. Tu le crois, toi?

J'avais complètement oublié que c'était le soir de l'émission.

— Euh, non, désolée, je ne regarde pas la télé. Nous préparons des cupcakes pour la kermesse.

— Dis, Katie, combien d'œufs il faut mettre déjà? m'a demandé Mia.

— Oh, tu n'es pas seule! s'est exclamée Clara. Désolée de t'avoir dérangée. Alors, à demain, a-t-elle ajouté après un court silence.

— Envoie-moi les résultats par texto, d'accord?

— D'accord.

Je me suis sentie un peu triste quand elle a raccroché. Clara aurait dû faire partie de notre club. Elle se serait tellement amusée avec nous.

— Ohé! La Terre à Katie! Combien d'œufs?

— Oh, pardon, Mia. Deux.

Le temps que le père d'Alex vienne chercher mes amies, nos quatre douzaines de petits gâteaux se trouvaient bien rangées dans des boîtes au congélateur.

— Quarante-huit de faits, cent cinquante-deux à faire, a calculé Mia avant de partir.

— Tu veux dire cent cinquante-six, puisqu'il y en aura deux cent quatre, la corrigea Alex.

— Quoi? Encore tout ça? me suis-je exclamée, affolée.

Après tout le mal qu'on s'était donné, je n'en revenais pas qu'il nous en reste autant. Mes amies à peine parties, je me suis écroulée sur le canapé, anéantie.

— Monte vite prendre ta douche, Katie, m'a crié ma mère. Je ne veux pas que tu te couches tard.

Je me suis laissée tomber sur la moquette.

— Tu peux me porter, s'il te plaît?

— Mmm... je me demande si la fabrication d'une telle quantité de cupcakes ne serait pas au-dessus de tes forces.

Ma mère a le don de trouver les mots qu'il faut.

— Pas du tout, je suis en pleine forme !

Je me suis relevée d'un bond pour courir à la salle de bains.

Tandis que je glissais lentement dans le sommeil, j'ai pensé aux étapes de réalisation de notre super recette :

Pour 200 cupcakes :

1) Faire ses devoirs chez le dentiste
2) Dîner en vitesse
3) Débarrasser la table
4) Confectionner quatre douzaines de petits gâteaux avec ses amies
5) Nettoyer et ranger la cuisine
6) Se doucher
7) Dormir
8) Répéter l'opération quatre soirs de suite

Chapitre 16

La robe violette

Deux cent un, deux cent deux, deux cent trois, deux cent quatre ! Réunies autour de la table de la cuisine, nous rangions les tout derniers cupcakes.

— On l'a fait ! Youpi !

— C'est drôle qu'il y en ait juste quatre en plus, vous ne trouvez pas ? a remarqué Alex. Ça nous en fait un chacune !

— Je crois que c'est un signe, a acquiescé Mia. Nous devons absolument les manger pour qu'il en reste deux cents tout rond.

— Quatre cupcakes, ça représente quand même huit dollars, a remarqué Alex.

— Je sais, mais il faut qu'on les mange pour qu'ils nous portent bonheur, ai-je rétorqué.

— Tu as raison. De toute façon, il faut bien qu'on les goûte pour savoir s'ils sont bons.

Ils étaient délicieux, même sans glaçage.

— Si la kermesse commence à midi, il faut qu'on se retrouve demain à 8 heures pour finir de les préparer, ai-je calculé.

La sonnette a retenti. C'était la mère d'Alex qui venait chercher sa fille et Emma. Puis le demi-frère de Mia a klaxonné dans la rue.

— On passe te prendre avec maman après le dîner, m'a-t-elle rappelé avant de partir.

— D'accord. Je serai prête.

J'ai oublié de vous dire que, ce soir-là, nous étions dispensées de devoirs puisque nous aurions tout le week-end pour les faire. Et la veille, Mia avait eu une super idée pour occuper notre soirée.

— Comment allez-vous vous habiller pour le bal? nous avait-elle demandé.

Alex avait haussé les épaules.

— Je ne sais pas. Comme d'habitude.

— Je pensais mettre ma robe préférée, celle avec les fleurs roses, avait répondu Emma.

— Je n'y ai pas encore réfléchi, avais-je avoué. On est obligées d'être bien habillées?

— Non, mais ce serait sympa, non? Et je me disais que, demain soir, on pourrait aller s'acheter des robes au centre commercial.

— Je ne peux pas, nous dînons chez ma tante, avait soupiré Alex.

— Et moi, je devrai sans doute me contenter de ma robe rose, avait ajouté Emma.

— Et toi, Katie ? Qu'est-ce que tu en dis ?

— Il faut que je demande à ma mère. Mais pourquoi pas ?

En toute franchise, je déteste le shopping, mais comme on ne s'ennuie jamais avec Mia, j'étais certaine de passer une bonne soirée.

Comme il fallait s'y attendre, ma mère avait appelé la mère de Mia avant d'accepter. Mme Velaz est donc venue me chercher avec Mia à 19 heures.

Le centre commercial était immense, avec des bâtiments et des galeries dans tous les sens. Pour moi, c'était un véritable labyrinthe.

— Alors, par quel magasin commençons-nous ? nous a demandé Mme Velaz dès notre arrivée.

Mia a écarquillé les yeux d'horreur.

— Tu ne vas pas venir avec nous !

— Bien sûr que si. D'abord, ce centre est gigantesque et, ensuite, j'ai promis à Mme Brown de ne pas vous quitter des yeux.

J'ai cru que j'allais m'évanouir. Ma mère ne me lâchait pas d'une semelle quand nous faisions les courses. Elle m'avait même tenue en laisse jusqu'à cinq ans. Tout à coup, là, en plein centre commercial, j'ai eu l'impression d'être encore attachée.

— Vous savez, les filles, vous devriez être contentes d'être accompagnées par une pro de la mode, a plaisanté Mme Velaz qui avait dû voir mon expression.

— Allez, viens, a soupiré Mia en m'attrapant par le bras, il y a une boutique terrible juste au coin.

Sa mère nous a suivies sans se presser tandis que nous courions vers le magasin. Les haut-parleurs diffusaient de la dance et il y avait un monde fou.

Mia est passée en trombe devant toute une série de portants chargés de vêtements pour piler net devant une robe noire avec une grande fermeture Éclair sur le devant.

— Elle est trop jolie. Tu devrais l'essayer, Katie.

— Je ne sais pas. Le noir ça me fait penser aux vampires.

Mia m'a inspectée de la tête aux pieds. Je portais un vieux jean déchiré aux genoux et un tee-shirt rouge avec le cercle symbole de la paix dessus.

— Bon, apparemment tu préfères les couleurs vives. Et quel style aimes-tu ?

— Aucune idée. Je suis incapable de dire ce qui est tendance ou pas. Quand on fait du shopping avec maman, je prends toujours un jean et une ou deux chemises qui me plaisent.

— Fais pareil pour la robe. Cherches-en une qui te plaît.

Ça paraissait facile. J'ai commencé à examiner les portants avec Mia. Il y avait tant de coupes et de couleurs variées que je ne savais plus où donner de la tête.

C'est alors qu'un éclat violet a attiré mon regard. Un mannequin sans tête était vêtu d'une robe d'un violet flashy qui m'a tout de suite plu. Elle était droite, avec des manches courtes et une ceinture noire.

— Regarde, Mia, comme elle est belle ! En tout cas, elle fait bien sur le mannequin.

— Oh, je l'adore ! Va vite l'essayer !

J'ai pris une robe à ma taille sur le portant près du mannequin et je me suis dirigée vers les cabines d'essayage un peu plus loin, sur le côté.

Une fois la robe enfilée, j'ai dû reconnaître qu'elle m'allait bien.

— Katie, sors, que je voie à quoi tu ressembles ! s'est impatientée Mia.

Je suis sortie d'un pas hésitant. Mia a écarquillé les yeux.

— Oh, elle est parfaite ! Tourne-toi.

J'ai pivoté maladroitement.

— Il faut absolument que tu l'achètes! Elle sera fabuleuse avec des petites bottes noires.

— Mais je n'en ai pas!

— Ben, je te prêterai les miennes!

J'ai regardé l'étiquette. Ma mère m'avait donné largement de quoi me l'offrir.

— Je la prends. Waouh, je ne pensais pas que ça serait si facile!

— Tu as vu cette horreur, Éva? s'est alors écriée une voix familière. Il faudrait me payer cher pour que je porte une robe pareille.

À la vue de Lucie campée devant le mannequin à la robe violette, je me suis précipitée vers la cabine. Trop tard! Elle m'avait repérée.

— Tu fais déjà tes courses pour Halloween, Katie?

J'étais coincée. Autant l'affronter. J'ai fondu sur elle.

— Qu'est-ce que tu veux dire, Lucie?

— C'est quoi? Un déguisement d'aubergine? Non, attends, laisse-moi deviner, c'est un costume de Barbapapa!

Malgré ma forte envie de lui clouer le bec, aucune repartie ne m'est venue à l'esprit. Une fois de plus, Mia m'a sauvé la mise.

— Tu sais, Lucie, le violet est très tendance cet

126

automne, a-t-elle répliqué avec sa décontraction habituelle. C'est dans le *Vogue* de ce mois-ci.

Lucie en est restée sans voix. Mais pas longtemps.

— Violette ou pas, cette robe est hideuse !

Pour la première fois de ma vie, une réplique a jailli de mes lèvres. Mia devait déteindre sur moi.

— Mais j'en ai rien à faire de ce que tu penses, du moment qu'elle me plaît !

Alors que je repartais à grands pas vers ma cabine, du coin de l'œil, j'ai vu Mia sourire et j'ai failli sauter de joie. Cette robe m'avait donné l'assurance de clouer le bec à cette pimbêche.

Voilà pourquoi c'est ma robe préférée encore aujourd'hui. Je la considère même comme mon porte-bonheur.

Chapitre 17

Le fameux secret des Branchées

L e samedi a été «intense», comme disent les skateurs. Nous nous sommes levées très tôt, maman et moi, pour préparer des tonnes de glaçage. Les filles sont arrivées peu après, accompagnées de la mère d'Emma.

Les deux mères se sont chargées de glacer les gâteaux avec moi. De sa belle écriture, Mia a écrit «PS» sur chacun d'entre eux, pendant que, de leur côté, Alex et Emma s'occupaient de confectionner pour notre stand une grosse pancarte en carton «CUPCAKES 2 $ PIÈCE».

À 11 heures, c'était terminé : nous avions deux cents gâteaux absolument parfaits. Avec mille précautions, nous avons chargé les boîtes dans le monospace de la mère d'Emma et mis dans la voiture de ma mère la pancarte, la caisse, deux grandes nappes (une bleue et une jaune) et des plateaux en plastique. Puis nous sommes toutes parties pour le collège.

Le temps était idéal pour une kermesse, il faisait beau mais pas trop chaud. Le parking du collège était fermé par des rubans de police et on avait dressé en carré, au centre du bitume, des tentes décorées de ballons bleus et jaunes.

Dès que nous avons localisé la table qui nous était réservée, nous nous sommes installées. Nous avons commencé par étaler la nappe bleue, puis la jaune en diagonale par-dessus pour qu'on voie les deux couleurs. Alex et Emma ont suspendu leur pancarte bien en évidence et nous avons disposé la moitié des gâteaux sur des assiettes. Ensuite nous avons reculé pour juger de l'effet.

J'ai hoché la tête.

— Pas mal !

— C'est un peu plat, a remarqué Mia. La prochaine fois, il faudra apporter des socles pour que les assiettes ne soient pas toutes au même niveau.

Ma mère est arrivée derrière moi et m'a prise par la taille.

— Eh bien, moi je trouve que c'est parfait ! Mettez-vous devant que je prenne une photo.

Nous nous sommes alignées toutes les quatre.

— Dites «Cupcakes»!

— Cupcakes!

Une fois la séance photo terminée, Alex a jeté un coup d'œil à sa montre.

— Nous avons encore un quart d'heure. Si on allait voir la concurrence?

— Bonne idée!

Nous avons fait le tour. Il devait y avoir une douzaine de tables comme la nôtre. L'équipe de basket avait installé sa trempette au fond du parking. L'équipe féminine de football avait dressé un stand où elles prenaient votre photo, l'imprimaient puis l'encadraient. Vous pouviez ensuite décorer le cadre avec des étoiles et des ballons de foot. Nous arrivions au stand du club d'échecs, quand Emma a poussé un cri d'horreur.

— Oh, non! Ils vendent aussi des gâteaux!

En effet, leur table était couverte d'assiettes de cookies, de brownies et même de cupcakes.

— Je trouve notre stand beaucoup mieux, a chuchoté Mia. Ils ne vendent pas la spécialité du collège de Park Street, eux!

— Il y a surtout des cookies, a souligné Alex. Et ils ne les vendent que cinquante cents.

Une fois de plus, Mia et Alex venaient de trouver les mots qu'il fallait pour nous remonter le moral.

Une musique d'enfer a alors surgi du fond du

parking. J'ai reconnu le tube qui passait dans le magasin où j'avais acheté ma robe, la veille au soir.

Nous avons pivoté d'un bloc.

Les Branchées avaient ouvert leur stand !

— Allons voir ça de plus près, a suggéré Mia.

Je dois avouer que leur décoration était top. Elles avaient recouvert leur table d'une nappe noire décorée d'étoiles argentées. Dessus étaient posées des boîtes de maquillage scintillantes. Et elles avaient imprimé une bannière qu'elles avaient suspendue au chapiteau sur laquelle était écrit : « *MAGIE DU MAQUILLAGE* PAR LE CLUB DES BRANCHÉES ».

Nous nous sommes approchées. Lucie et Bella déballaient des produits de maquillage et tout un assortiment de pinceaux. Devant Bella un petit écriteau annonçait : « Spécialiste du maquillage gothique ». Elle portait une robe noire à jupe bouffante et avait relevé ses cheveux roux en queue de cheval. Elle avait mis un fond de teint très pâle et du crayon noir autour des yeux.

Lucie, Clara et Éva portait toutes les trois un immense tee-shirt blanc qui laissait voir un débardeur gris, des leggings et des boots noirs.

Clara était assise devant une minuscule table ronde sur laquelle trônait la caisse pendant qu'Éva distribuait des flyers «Magie du Maquillage» aux passants.

Alex a froncé les sourcils.

— Pourquoi on n'a pas pensé à faire des prospectus?

— On n'en a pas besoin pour vendre des cupcakes, a répondu fort justement Mia.

Le stand du Club des Branchées m'inquiétait. Il avait beaucoup plus d'allure que notre table avec son pauvre écriteau en carton. Lucie avait peut-être raison depuis le début. Avec leur arme secrète, c'est-à-dire leur sens de la pub, elles avaient de grandes chances de gagner le concours

— En parlant de cupcakes, il serait peut-être temps de regagner notre stand, a suggéré Alex.

Éva a fondu sur nous et m'a collé un prospectus dans la main.

— Tiens. Quand vous en aurez assez de rester plantées devant vos gâteaux, venez donc vous faire maquiller.

— Ça m'étonnerait qu'on ait le temps de s'ennuyer, mais on essaiera de trouver une minute, ai-je répliqué.

Nous sommes reparties, plus décidées que jamais à vendre nos cupcakes jusqu'au dernier.

— Le Club des Branchées a peut-être de la musique, des flyers et des paillettes, mais ce que nous vendons est absolument délicieux! Allons gagner ce concours! ai-je crié.

Nous avons rejoint notre stand au moment précis où la kermesse ouvrait ses portes. Une foule a déferlé dans notre direction. Nous avions la chance d'être situées près de l'entrée.

«Waouh, mais ce sont les couleurs de l'école!», «Oh, les jolis cupcakes!» entendait-on de toutes parts. Pourtant les minutes passaient et personne n'en achetait.

Puis ma prof de maths, Mme Moore, s'est approchée de notre table. J'ai bien failli ne pas la reconnaître. Je l'avais toujours vue habillée de couleurs sombres et coiffée d'un chignon. Là, elle portait un jean et un sweat-shirt avec un ours en peluche imprimé dessus, et elle avait les cheveux lâchés. Ça lui allait très bien.

— Bonjour, mademoiselle Brown, m'a-t-elle saluée. Ça a dû vous donner beaucoup de travail de faire tous ces cupcakes.

— Et il y en a encore en réserve. Nous en avons fait deux cents au total. Ou plus précisément deux cent quatre, soit dix-sept douzaines, ai-je ajouté dans le secret espoir de l'impressionner.

Elle m'a tendu deux dollars.

— Je vous en prends un.

Elle a mordu aussitôt dedans.

— Mmm, il est à la vanille, mon parfum préféré !

Médusée, je l'ai regardée s'éloigner avant de me tourner vers mes amies.

— Hé ! c'est notre première vente !

Nous avons poussé des cris de triomphe pendant que je tendais l'argent à Alex qui était chargée de la caisse.

Mme Moore nous a porté chance car, à partir de ce moment-là, nos cupcakes se sont vendus comme des petits pains.

Nous étions tellement occupées que j'ai complètement oublié le stand des Branchées. Et puis une amie de Mia est passée nous voir.

— Salut, Sophie ! l'a saluée distraitement Mia. Oh, mais qu'est-ce qui t'est arrivé ?

Intriguée, je me suis retournée pour la dévisager. Sophie avait une telle épaisseur de fond de teint blanc sur le visage et des yeux si charbonneux qu'on aurait dit un clown.

— Je sais, je suis affreuse ! En plus, ça m'a coûté cinq dollars !

J'ai compris qu'elle venait du stand des Branchées.

— Oh, ce n'est pas si terrible ! a tenté de la réconforter Mia.

— Vous devriez aller y faire un tour ! Elles

auraient mieux fait de baptiser leur stand «Tra-gédie du Maquillage»!

Après avoir échangé un regard avec Mia, je me suis tournée vers Emma et Alex.

— On peut vous laisser le stand une minute?

— Pas de problème.

Nous avons couru vers le stand des Branchées.

— Peut-être que Sophie n'a pas eu de chance, ai-je murmuré en voyant qu'il y avait la queue. Elles ont l'air d'avoir du succès.

Je me suis toutefois vite aperçue que la plupart des gens n'étaient pas là pour se faire maquiller mais pour regarder.

Lucie donnait le coup de blush final à sa cliente.

— Et voilà! Tu es prête pour le podium!

La fille s'est retournée et des rires ont fusé. Lucie lui avait mis tellement de poudre bronzante qu'elle ressemblait à une orange. Et elle avait les paupières couvertes d'un affreux fard pailleté bleu.

— Je n'y connais rien à la mode, mais moi, je trouve ça horrible, ai-je soufflé à Mia.

— Personne ne peut trouver ça joli.

— Bon! a lancé Lucie. À qui le tour?

Personne n'a bronché. La fille maquillée en orange a donné un coup de coude à sa voisine.

— Tu avais dit que si j'y allais, tu irais toi aussi.

Son amie avait l'air terrifiée, mais elle a fait un pas vers Clara et lui a tendu ses cinq dollars.

Clara l'a remerciée poliment, mais derrière son sourire, j'ai bien vu qu'elle était malheureuse et j'ai eu de la peine pour elle.

La foule s'est écartée et Clara nous a aperçues.

— Hé, Katie ? Tu veux te faire maquiller ?

— Non, tu sais bien que je ne me maquille jamais. Désolée. En revanche, tu devrais venir goûter nos cupcakes. Ton père les adorerait, ils sont à la vanille.

Une femme élégante que je ne connaissais pas a alors posé la main sur mon épaule.

— C'est toi qui as fait les gâteaux aux couleurs de l'école ?

— Oui, avec les trois autres filles du Club des Cupcakes.

— Non seulement ils sont beaux, mais ils sont délicieux. Et faits maison, j'ai apprécié. J'aimerais beaucoup que vous m'en prépariez pour le déjeuner des parents d'élèves, au printemps prochain. Nous vous paierons, bien sûr.

Nous avons échangé un regard sidéré, Mia et moi. On était prêt à nous payer comme des professionnels. Incroyable !

Éva s'est ruée comme une furie sur l'inconnue.

— Maman ! Je te rappelle que nous concourons

contre le Club des Cupcakes. Tu n'as pas le droit de sympathiser avec l'ennemi !

— Calme-toi, Éva. Vous travaillez toutes au profit de l'école. Et je venais justement me faire maquiller.

Éva nous a jeté un regard assassin qui m'a laissée de marbre. Je jubilais intérieurement. Clara s'est levée d'un bond.

— Éva, tu peux tenir la caisse une minute ? Je vais m'acheter un cupcake.

Lucie en a lâché sa brosse de surprise.

— Quoi ? Tu peux pas faire ça. Tu veux qu'on gagne le concours, non ?

— Ce n'est qu'un petit cupcake, a jeté Clara sans se retourner.

Ce n'était peut-être qu'un petit cupcake pour elle, mais c'était un grand geste pour notre amitié.

Chapitre 18

La cerise sur le gâteau

À la fermeture de la kermesse, nous avions pratiquement vendu tous nos gâteaux. C'est alors qu'Eddie, le beau-père de Mia, est venue la chercher.

— Salut, les filles ! Comment ça s'est passé ?

— Super bien, a répondu Mia.

— Nous avons vendu cent quatre-vingt-trois cupcakes, a précisé Alex qui venait de terminer les comptes.

— Ce qui veut dire qu'il vous en reste dix-sept ? a conclu Eddie en sortant son portefeuille.

Alex a opiné.

— Vous savez quoi ? Je les prends tous. J'ai une réunion importante lundi matin et je suis sûr que vos cupcakes seront très appréciés.

— Waouh! Merci! ai-je jubilé.

— Ça fera trente-quatre dollars, s'il vous plaît, a déclaré Alex, imperturbable.

Mia a remercié son beau-père d'un grand sourire.

— C'est vraiment très gentil, mais tu n'étais pas obligé.

Il s'est esclaffé.

— Bien sûr que si, j'ai l'intention de les faire travailler très tard.

Je ne savais pas ce que Mia pensait de lui, mais je le trouvais vraiment sympa. Je me suis demandé ce que j'éprouverais si ma mère se remariait. Ouh là, ça me ferait très bizarre! Je préférais ne pas y penser.

Grâce à Eddie, nous avions tout vendu. Cela nous a permis de remettre quatre cents dollars à Mme LaCosta. Ensuite toutes les adhérentes du Club des Cupcakes sont rentrées se préparer pour le bal.

J'ai enfilé ma robe violette et les boots noirs de Mia, et je me suis contemplée dans le miroir. Je ne ressemblais pas encore aux filles des magazines, mais je me suis trouvée très jolie.

Quand je suis descendue voir ma mère, j'ai cru qu'elle allait fondre en larmes.

— Le premier bal de mon bébé, a-t-elle soupiré en me serrant dans ses bras. Tu es trop mignonne !

— Ma-man ! ai-je protesté d'un air excédé alors que j'étais secrètement ravie.

Nous sommes passées prendre Mia qui était superbe, bien entendu, puis maman nous a déposées devant le collège.

Le gymnase était décoré comme dans les films, avec des tonnes de guirlandes et des ballons jaunes et bleus. Un DJ était installé dans les gradins, derrière le panier de basket. J'ai aperçu Alex et Emma du côté du buffet.

— Waouh, vous êtes superbes ! s'est exclamée Emma.

— Vous aussi. Alors, qu'y a-t-il de bon à manger ?

— Des petit fours, du punch et des cupcakes, a énuméré Alex.

— Je crois que j'ai eu ma dose de cupcakes pour aujourd'hui, a gloussé Emma.

— Moi, je ne m'en lasserai jamais, ai-je répondu tout en inspectant les plateaux.

Les cupcakes me parurent tout à fait quelconques. Ils étaient au chocolat et recouverts d'un glaçage visiblement tout préparé.

— À propos de cupcakes, a repris Alex. J'ai parlé au dîner de notre commande pour les parents

141

d'élèves, et mes parents qui sont comptables m'ont proposé de calculer combien on devrait vendre nos gâteaux pour que ce soit rentable. Ils ont même proposé de nous aider à monter notre affaire si on le voulait.

Quand nous avions fondé le Club des Cupcakes, c'était dans le but de confectionner des gâteaux pour notre plaisir. Jamais je n'aurais imaginé qu'on puisse gagner de l'argent par la même occasion ! Cette idée m'a enthousiasmée.

— Notre propre affaire ? Ce serait génial !

— Je vais dessiner notre logo ! s'est écriée Mia.

— Je parie que je gagnerai plus qu'en gardant mon petit frère, s'est réjouie Emma. Je suis partante !

— Je déclare donc le Club des Cupcakes officiellement lancé dans les affaires ! a clamé Alex.

Ravies, nous sommes tombées dans les bras les unes des autres. Tout à coup, j'ai senti mes angoisses s'envoler. Plus rien ne m'inquiétait. Ni Clara, ni le collège, ni même les maths.

Des filles que nous ne connaissions pas se sont approchées de nous.

— Vos cupcakes étaient délicieux, a déclaré l'une d'entre elles.

— Oui, comment vous les avez faits ? a demandé une autre.

— C'est facile, ai-je répondu. Il suffit de suivre la recette.

De la musique funky a résonné dans le gymnase.

— Hé, j'adore cette chanson ! s'est écriée Mia.

Sans me laisser le temps de protester, elle m'a attrapée par le bras et entraînée sur la piste. Alex et Emma nous ont suivies et nous nous sommes mises toutes les quatre à danser comme des folles.

Georges Martinez, qui se trémoussait tout seul dans son coin, a tendu le doigt vers moi.

— Salut, le Tourniquet !

J'ai tourné sur moi-même les bras écartés comme un arroseur et il s'est esclaffé. Mia m'a imitée, morte de rire.

Après quelques morceaux, la musique s'est arrêtée et Mme LaCosta a pris le micro du DJ.

— Bienvenue à tous au premier bal du collège de Park Street !

Un tonnerre d'applaudissements lui a répondu.

— L'heure est venue d'annoncer les vainqueurs de notre premier concours, a-t-elle repris quand le silence est revenu. Je suis fière de vous dire que le stand gagnant a collecté pour notre collège la somme fantastique de quatre cents dollars !

Alex a hurlé de joie et je l'ai dévisagée sans comprendre.

— Applaudissons tous très fort le Club des Cupcakes ! a poursuivi la principale, et là seulement j'ai
compris qu'il était question de nous.

Emma a poussé un hurlement de loup et je me
suis aperçue que je criais, moi aussi. Nous avions
gagné ! Oui, nous avions remporté le concours.
C'était la cerise sur le gâteau !

— Bravo, mesdemoiselles, nous a félicitées
Mme LaCosta lorsque nous sommes montées la
rejoindre sur le podium. J'ai le plaisir de remettre à
chacune d'entre vous un sweat-shirt du collège de
Park Street.

Tout le monde nous a acclamées. Je n'en revenais pas. Le DJ a alors mis *Celebration* à fond.

Mia a jeté le sweat-shirt sur ses épaules et a
hurlé :

— On a gagné !

Clara s'est précipitée vers moi pour me sauter
au cou.

— Katie, c'est fabuleux !

Nous avons poussé simultanément un cri de surprise : nous portions la même robe ! J'avais oublié
que le violet était sa couleur préférée.

— Tu es superbe !

— Toi aussi !

J'ai éclaté de rire. Je me suis demandé si Lucie
lui avait dit qu'elle trouvait cette robe affreuse.

Mia, Alex et Emma sont parties en courant vers la piste. Je les ai suivies des yeux sans m'en rendre compte. Un sourire triste est apparu sur les lèvres de Clara.

— Va danser avec tes amies.

C'était elle qui m'avait dit que nous devions tisser de nouveaux liens au collège. Cela m'avait fait de la peine, pourtant elle avait raison. C'était aussi bon de se faire de nouvelles amies que de retrouver les anciennes. Je l'ai prise par la main.

— Viens danser avec nous.

Elle a secoué la tête.

— Non, vas-y. Je t'appellerai demain, d'accord ?

— D'accord.

Au moment d'arriver sur la piste, je me suis retournée et j'ai vu qu'elle se dirigeait vers Lucie, Éva et Bella. Lucie n'avait pas l'air contente. Alors j'ai hurlé de toutes mes forces pour que cette peste m'entende.

— Hé, Clara ! Je suis heureuse qu'on soit amies !

— Moi aussi !

Ensuite j'ai rejoint mes amies du Club des Cupcakes et tandis que je m'amusais à faire le tourniquet, j'ai eu comme une illumination.

Le premier jour au collège avait été un cauchemar. Clara m'avait laissée tomber et j'avais eu toutes sortes d'ennuis. Rien ne s'était passé comme prévu.

Pourtant, malgré ce mauvais départ, tout avait fini par s'arranger.

Si je notais la recette?

Prenez:
Une robe violette
Une mère un peu trop sentimentale
Deux cent quatre cupcakes
Trois nouvelles amies
Une ancienne amie
Remuez doucement jusqu'à ce que le mélange soit homogène.
Et dansez maintenant!

Si tu n'es pas une pâtissière experte comme Katie, ne t'inquiète pas, voici une recette aussi facile que délicieuse. (Demande conseil à un adulte avant de commencer, car tu auras besoin de son aide pour allumer le four et utiliser le mixeur.)

Cupcakes à l'ananas façon Tatin

Ingrédients pour 18 cupcakes

Pâte :
120 g de beurre doux ramolli
120 g de sucre en poudre
2 gros œufs
120 g de farine
2 cuillères à café de levure
1 pincée de sel
1 boîte d'ananas en tranches

Glaçage :
100 g de sucre glace
3 tranches d'ananas
2 cuillères à soupe de lait

Préparation

Faire préchauffer le four à 180 °C.

À l'aide d'un fouet, travailler le beurre ramolli et le sucre jusqu'à ce que le mélange blanchisse. Ajouter les œufs un par un.

Dans un bol séparé, mélanger la farine, la levure et le sel. Puis verser peu à peu ce mélange dans votre préparation.

Ajouter 4 tranches d'ananas en petits morceaux d'un demi-centimètre de large et bien remuer.

Enfin, répartir cette pâte dans des moules à muffins de préférence doublés de moules en papier sulfurisé (ne remplir les moules qu'à moitié, sinon ça risque de déborder). Faire cuire de 15 à 20 minutes ou jusqu'à ce qu'un cure-dents piqué dans la pâte ressorte propre.

Sortir du four et démouler les cupcakes sur une grille pour qu'ils refroidissent.

Glaçage

Couper 3 tranches d'ananas en tout petits morceaux et les mélanger au sucre glace avec les deux cuillerées de lait (ou plus si nécessaire).

Une fois les cupcakes refroidis, les recouvrir de ce glaçage.

Retrouvez ce livre et
des milliers d'autres
en numérique chez

12-21

→ *www.12-21editions.fr*

Découvre un extrait de :

La reine de la mode

Chapitre 1

Une remarque
très intéressante

Je m'appelle Mia Velaz et je déteste le lundi. Je sais, je ne suis pas la seule. Mais je pense avoir des raisons particulières de haïr ce jour-là.

D'abord, un week-end sur deux, je vais voir mon père à Manhattan. Mes parents sont divorcés et j'habite maintenant avec ma mère dans une petite ville à une heure de New York. J'adore vivre avec maman, mais mon père me manque affreusement, sans parler de Manhattan et de tous les amis que j'ai laissés là-bas. Donc un dimanche soir sur deux, mon père me raccompagne en voiture chez ma mère. Résultat : le lendemain matin je suis complètement perdue.

Ensuite, le lundi marque le début de la semaine

de cours, ponctuée par les terrifiants contrôles surprise de notre prof de maths, Mme Moore. Cinq longs jours à attendre notre vendredi gourmand entre amies, célébré par de délicieux cupcakes que nous apportons à tour de rôle. C'est d'ailleurs ainsi qu'est né le Cupcake Club. Mais j'y reviendrai.

Il n'y a pas longtemps, en feuilletant mon journal, je me suis aperçue que mes galères tombaient toujours le lundi. C'est un lundi de mai, l'année dernière, que maman m'a annoncé que nous allions quitter New York. C'était aussi un lundi qu'un orage a saccagé mes belles bottines en daim toutes neuves. Et la dernière fois que j'ai perdu mon téléphone portable, c'était encore un lundi. Et quand l'ai-je retrouvé ? Un vendredi, évidemment ! Parce que le vendredi est un jour génial.

Pour terminer, il y a eu cet affreux lundi du mois dernier. Pourtant, il se présentait bien, car le Cupcake Club venait de remporter sa première victoire.

Mais reprenons au début. Nous nous étions retrouvées à la même table, Katie, Alex, Emma et moi, le jour de la rentrée. Katie nous a vues baver d'envie devant le succulent cupcake à la gelée et au beurre de cacahuètes préparé par sa mère. Le vendredi suivant, elle a proposé de nous apprendre à les faire. Et c'est ce qui nous a donné l'idée de fonder notre club. Sympa, non ?

Ouvrage composé par
PCA – 44400 REZÉ

Cet ouvrage a été imprimé en Espagne par

Industria Grafica Cayfosa
(Impresia Iberica)

Dépôt légal : avril 2015

Pocket Jeunesse, une marque d'Univers Poche,
est un éditeur qui s'engage pour
la préservation de son environnement
et qui utilise du papier fabriqué à partir
de bois provenant de forêts gérées
de manière responsable.

12, avenue d'Italie – 75627 PARIS Cedex 13